Friedrich Wilhelm Joseph von Schelling

Einleitung zu seinem Entwurf eines Systems der Naturphilosophie

Friedrich Wilhelm Joseph von Schelling

Einleitung zu seinem Entwurf eines Systems der Naturphilosophie

ISBN/EAN: 9783743418813

Hergestellt in Europa, USA, Kanada, Australien, Japan

Cover: Foto ©Andreas Hilbeck / pixelio.de

Friedrich Wilhelm Joseph von Schelling

Einleitung zu seinem Entwurf eines Systems der Naturphilosophie

Einleitung

zu seinem

Entwurf eines Systems

der

Naturphilosophie.

Oder:

Ueber den Begriff

der speculativen Physik

und die innere Organisation eines Systems
dieser Wissenschaft.

Von

F. W. J. Schelling.

Jena und Leipzig,
bey Christian Ernst Gabler.
1799.

§. I.

Was wir Naturphilosophie nennen ist eine im System des Wissens nothwendige Wissenschaft.

Die Intelligenz ist auf doppelte Art, entweder blind und bewufstlos, oder frey und mit Bewufstseyn, productiv; bewufstlos productiv in der Weltanschauung, mit Bewufstseyn in dem Erschaffen einer ideellen Welt.

Die Philosophie hebt diesen Gegensatz auf, dadurch, dafs sie die bewufstlose Thätigkeit als ursprünglich identisch und gleichsam aus derselben Wurzel mit der bewufsten entsprossen annimmt: diese Identität wird von ihr *unmittelbar* nachgewiesen in einer, entschieden zugleich bewufsten und bewufstlosen, Thätigkeit, welche in den Productionen des *Genies* sich äufsert; *mittelbar*, *aufser* dem Bewufstseyn in den *Natur*producten, insofern in ih-

ihnen allen die vollkommenste Verschmelzung des Ideellen mit dem Reellen wahrgenommen wird.

Da die Philosophie die bewufstlose, oder, wie sie auch genannt werden kann, reelle Thätigkeit als identisch setzt mit der bewufsten oder ideellen, so wird ihre Tendenz ursprünglich darauf gehen, das Reelle überall auf das Ideelle zurückzuführen, wodurch das entsteht, was man Transcendentalphilosophie nennt. Die Regelmäfsigkeit in allen Bewegungen der Natur, die erhabne Geometrie z. B., welche in den Bewegungen der Himmelskörper ausgeübt wird, wird nicht daraus erklärt, dafs die Natur die vollkommenste Geometrie, sondern umgekehrt daraus, dafs die vollkommenste Geometrie das Producirende der Natur ist, durch welche Erklärungsart das Reelle selbst in die ideelle Welt versetzt wird, und jene Bewegungen in Anschauungen, die nur in uns selbst vorgehen, und denen nichts aufser uns entspricht, verwandelt werden. Oder dafs die Natur da, wo sie ganz sich selbst überlassen ist, in jedem Uebergange aus flüssigem in festen Zustand freywillig gleichsam regelmäfsige Gestalten hervorbringt, welche Regelmäfsigkeit in den Crystallisationen höherer Art, den organischen, sogar noch Zweckmäfsigkeit zu werden scheint, oder dafs wir im Thierreich, diesem Product blinder Natur-Kräfte, Handlungen, die mit Bewufstseyn geschehenen an Regelmäfsigkeit gleichkommen, oder selbst äufsere in ihrer Art vollendete Kunstwerke entstehen sehen

hen — dies alles wird daraus erklärt, daſs es eine bewuſstlose, aber der bewuſsten ursprünglich verwandte Productivität ist, deren bloſsen Reflex wir in der Natur sehen, und die auf dem Standpunkt der natürlichen Ansicht als ein und derselbe blinde Trieb erscheinen muſs, der von der Crystallisation an bis herauf zum Gipfel organischer Bildung, (wo er auf der einen Seite durch den Kunsttrieb wieder zur bloſsen Crystallisation zurückkehrt), nur auf verschiednen Stufen wirksam ist.

Nach dieser Ansicht, da die Natur nur der sichtbare Organismus unsres Verstandes ist, *kann* die Natur nichts andres als das Regel- und Zweckmäſsige produciren, und die Natur ist *gezwungen*, es zu produciren. Aber *kann* die Natur nichts als das Regelmäſsige produciren, und producirt sie es mit Nothwendigkeit, so folgt, daſs sich auch in der als selbstständig und reell gedachten Natur und dem Verhältniſs ihrer Kräfte wiederum der Ursprung solcher regel- und zweckmäſsigen Producte als nothwendig muſs nachweisen lassen, *daſs also das Ideelle auch hinwiederum aus dem Reellen entspringen und aus ihm erklärt werden muſs.*

Wenn es nun Aufgabe der Transcendentalphilosophie ist, das Reelle dem Ideellen unterzuordnen, so ist es dagegen Aufgabe der Naturphilosophie, das Ideelle aus dem Reellen zu erklären; beyde Wissenschaften sind also Eine, nur durch die entgegengesetzten Richtungen ihrer Aufgaben sich unterscheidende Wissenschaft; da ferner beyde Richtungen nicht nur gleich möglich, sondern gleich nothwendig sind, so kommt auch beyden im System des Wissens gleiche Nothwendigkeit zu.

§. II.

Wissenschaftlicher Charakter der Naturphilosophie.

Die Naturphilosophie als das entgegengesetzte der Transcendentalphilosophie ist von der letztern hauptsächlich dadurch geschieden, dafs sie die Natur (nicht zwar in so fern sie Product, aber in so fern sie productiv zugleich und Product ist) als das Selbstständige, setzt, daher sie am kürzesten als der *Spinozismus der Physik* bezeichnet werden kann. Es folgt von selbst daraus, dafs in dieser Wissenschaft keine idealistischen Erklärungsarten stattfinden, dergleichen die Transcendentalphilosophie wohl geben kann, da ihr die Natur nichts anders als Organ des Selbstbewufstseyns und alles in der Natur nur darum nothwendig ist, weil nur durch eine solche Natur das Selbstbewufstseyn vermittelt werden kann, welche Erklärungsart aber für die Physik und unsere mit ihr auf gleichem Standpunkt stehende Wissenschaft so sinnlos ist, als die ehemaligen teleologischen Erklärungsarten, und die Einführung einer allgemeinen Finalität der Ursachen in die dadurch entstaltete Naturwissenschaft. Denn je-

jede idealistische Erklärungsart aus ihrem eigenthümlichen Gebiet in das der Naturerklärung herübergezogen, artet in den abentheuerlichsten Unsinn aus, wovon die Beyspiele bekannt sind. Die erste Maxime aller wahren Naturwissenschaft, alles auch aus Natur-Kräften zu erklären, wird daher von unsrer Wissenschaft in ihrer gröfsten Ausdehnung angenommen, und selbst bis auf dasjenige Gebiet ausgedehnt, vor welchen alle Naturerklärung bis jetzt stillezustehen gewohnt ist, z. B. selbst auf diejenigen organischen Erscheinungen, welche ein Analogon der Vernunft vorauszusetzen scheinen. Denn gesetzt, dafs in den Handlungen der Thiere wirklich etwas ist, was ein solches Analogon voraussetzt, so würde, den Realismus als Princip angenommen, nichts weiter daraus folgen, als dafs auch das, was wir Vernunft nennen, ein blofses Spiel höherer uns nothwendig unbekannter Naturkräfte ist. Denn da alles Denken zuletzt auf ein Produciren und Reproduciren zurückkommt, so ist nichts unmögliches in dem Gedanken, dafs dieselbe Thätigkeit, durch welche die Natur in jedem Moment sich neu reproducirt, im Denken nur durch das Mittelglied des Organismus reproductiv sey, (ungefähr eben so, wie durch die Einwirkung und das Spiel des Lichts die von ihm unabhängig existirende Natur wirklich *immateriell* und gleichsam zum zweytenmal geschaffen wird). wobey es natürlich ist, dafs, was die Gränze unseres Anschauungsvermögens macht, auch nicht mehr in die Sphäre unserer Anschauung selbst fallen kann.

§. III.

§. III.

Die Naturphilosophie ist speculative Physik.

Unsere Wissenschaft ist dem bisherigen zufolge ganz und durchein realistisch, sie ist also nichts anders als Physik, sie ist nur *speculative* Physik; der Tendenz noch ganz dasselbe, was die Systeme der alten Physiker und was in neuern Zeiten das System des Wiederherstellers der Epicurischen Philosophie, *le Sage's* mechanische Physik ist, durch welche nach langem wissenschaftlichem Schlaf der speculative Geist in der Physik zuerst wieder geweckt worden ist. Es kann hier nicht umständlich bewiesen werden, (denn der Beweis dafür fällt selbst in die Sphäre unserer Wissenschaft); dass auf dem mechanischen oder atomistischen Wege, der von le Sage und seinen glücklichsten Vorgängern eingeschlagen worden ist, die Idee einer speculativen Physik nicht zu realisiren ist. Denn da das erste Problem dieser Wissenschaft, die *absolute* Ursache der Bewegung, (ohne welche die Natur nichts in sich ganzes und beschlossenes ist), zu erforschen, mechanisch schlechterdings nicht aufzulösen ist, weil mechanisch ins unendliche fort Bewegung nur aus Bewegung entspringt, so bleibt für die wirkliche Errichtung einer speculativen Physik nur Ein Weg offen, der dynamische mit der Voraussetzung, dass Bewegung nicht nur aus Bewegung, sondern selbst aus der Ruhe entspringe. dass also auch in der Ruhe der Natur Bewegung sey, und dass alle

me-

mechanische Bewegung die blofs secundäre und abgeleitete der einzig primitiven und ursprünglichen seye, die schon aus den ersten Factoren der Construction einer Natur überhaupt (den Grundkräften) hervorquillt.

Indem wir dadurch deutlich machen, wodurch unser Unternehmen sich von allen ähnlichen bisher gewagten unterscheide, haben wir zugleich den Unterschied der speculativen Physik von der so genannten empirischen angedeutet; welcher Unterschied sich hauptsächlich darauf reducirt, dafs jene einzig und allein mit den ursprünglichen Bewegungsursachen in der Natur, also allein mit den dynamischen Erscheinungen, diese dagegen, weil sie nie auf einen letzten Bewegungs Quell in der Natur kommt, nur mit den secundären Bewegungen und selbst mit den ursprünglichen nur als mechanischen (also auch der mathematischen Construktion fähigen) sich beschäftigt, da jene überhaupt auf das *innere Triebwerk* und das, was an der Natur *nicht - objectiv* ist, diese hingegen nur auf die *Oberfläche* der Natur, und das, was an ihr *objectiv* und gleichsam *Aussenseite* ist, sich richtet.

§. IV.

Von der Möglichkeit einer speculativen Physik.

Da unsere Untersuchung nicht sowohl auf die Naturerscheinungen selbst als auf ihre letzten

Gegenstände gerichtet, und unser Geschäft nicht sowohl diese aus jenen, als jene aus diesen abzuleiten ist, so ist unsere Aufgabe keine andere als die: Eine *Naturwissenschaft* im strengsten Sinne des Worts aufzustellen, und um zu erfahren ob eine speculative Physik möglich sey, müssen wir wissen, was zur Möglichkeit einer Naturlehre als Wissenschaft gehöre.

a) Der Begriff des Wissens wird hier in seiner strengsten Bedeutung genommen, und dann ist es leicht einzusehen, dafs man in diesem Sinne des Worts eigentlich nur von solchen Objekten *wissen* kann, von welchen man die Principien ihrer Möglichkeit einsieht, denn ohne diese Einsicht ist meine ganze Kenntnifs des Objects, z. B. einer Maschine, deren Construction mir unbekannt ist, ein blofses Sehen, d. h. ein blofses Ueberzeugtseyn von seiner Existenz, dagegen der Erfinder dieser Maschine das vollkommenste Wissen von ihr hat, weil er gleichsam die Seele dieses Werks ist, und weil sie in seinem Kopfe präexistirt hat, ehe er sie in der Wirklichkeit darstellte.

In die innere Construction der Natur zu blicken wäre nun freylich unmöglich, wenn nicht ein Eingriff durch Freyheit in die Natur möglich wäre. Die Natur handelt zwar offen und frey, aber sie handelt nie isolirt, sondern unter dem Zuströmen einer Menge von Ursachen, die erst ausgeschlossen werden müssen,

um

um ein reines Resultat zu erhalten. Die Natur muſs also gezwungen werden, unter bestimmten Bedingungen, die in ihr gewöhnlich entweder gar nicht, oder nur durch andere modificirt existiren, zu handeln. — Ein solcher Eingriff in die Natur heiſst Experiment. Jedes Experiment ist eine Frage an die Natur, auf welche zu antworten sie gezwungen wird. Aber jede Frage enthält ein verstecktes Urtheil a priori; jedes Experiment, das Experiment ist, ist Prophezeiung; das Experimentiren selbst ein Hervorbringen der Erscheinungen. — Der erste Schritt zur Wissenschaft geschieht also in der Physik wenigstens dadurch, daſs man die Objekte dieser Wissenschaft selbst hervorzubringen anfängt.

b) Wir *wissen* nur das selbsthervorgebrachte, das Wissen im *strengsten* Sinne des Worts ist also ein *reines* Wissen a priori. Die Construction vermittelst des Experiments ist noch immer kein absolutes Selbsthervorbringen der Erscheinungen. Es ist nicht davon die Rede, daſs vieles in der Naturwissenschaft comparativ a priori gewuſst werden kann, wie z. B. in der Theorie der elektrischen, magnetischen, oder auch der Licht-Erscheinungen ein so einfaches in jeder Erscheinnng wiederkehrendes Gesetz ist, daſs der Erfolg jedes Versuchs vorhergesagt werden kann; hier folgt mein Wissen unmittelbar aus dem bekannten Gesetz, ohne Vermittelung besonderer Erfahrung. Aber woher kommt mir denn das Gesetz selbst? Es ist davon die Rede, dafs alle Erscheinungen in Einem absoluten und *nothwendigen* Gesetze zusammenhangen, aus welchem sie alle abgeleitet werden können, kurz, dafs man in der Naturwissenschaft alles, was man weifs, absolut a priori wisse. Dafs nun das Experiment niemals auf ein solches Wissen führe, ist daraus einleuchtend, dafs es nie über die Naturkräfte, deren es sich selbst als Mittel bedient, hinauskommen kann.

Da die letzten *Ursachen* der Naturerscheinungen selbst nicht mehr erscheinen, so mufs man entweder darauf Verzicht thun, sie je einzusehen, oder man mufs sie schlechthin in die Natur setzen, in die Natur hineinlegen. Nun hat aber, was wir in die Natur hineinlegen, keinen andern als den Werth einer Voraussetzung, (Hypothese) und die darauf gegründete Wissenschaft mufs eben so hypothetisch seyn, wie das Princip selbst. Dies wäre nur in Einem Falle zu vermeiden, wenn nämlich jene Voraussetzung selbst unwillkührlich und eben so nothwendig wäre als die Natur selbst. Angenommen z. B. was angenommen werden mufs, dafs der Inbegriff der Erscheinungen nicht eine blofse Welt, sondern nothwendig eine Natur, d. h. dafs dieses Ganze nicht blos Produkt, sondern zugleich produktiv sey, so folgt, dafs es in diesem Ganzen niemals zur absoluten Identität kommen kann, weil diese ein absolutes Uebergehen der Natur, in so fern sie produktiv ist, in die Natur als Produkt d. h.

eine

eine absolute Ruhe herbeyführen würde; jenes Schweben der Natur zwischen Produktivität und Produkt wird also als eine allgemeine Duplicität der Principien wodurch die Natur in beständiger Thätigkeit erhalten und verhindert wird, in ihrem Produkt sich zu erschöpfen, erscheinen müssen, allgemeine Dualität als Princip aller Naturerklärung aber so nothwendig seyn als der Begriff der Natur selbst.

Diese absolute Voraussetzung muſs ihre Nothwendigkeit in sich selbst tragen, aber sie muſs noch überdies auf empirische Probe gebracht worden, denn *woferne nicht aus dieser Voraussetzung alle Naturerscheinungen sich ableiten lassen, wenn im ganzen Zusammenhange der Natur eine einzige Erscheinung ist, die nicht nach jenem Princip nothwendig ist, oder ihm gar widerspricht, so ist die Voraussetzung eben dadurch schon als falsch erklärt*, und hört von diesem Augenblick an auf, als Princip zu gelten.

Durch diese Ableitung aller Naturerscheinungen eben aus einer absoluten Voraussetzung verwandelt sich unser Wissen in eine Construktion der Natur selbst d. h. in eine Wissenschaft der Natur a priori. Ist also jene Ableitung selbst möglich, welches nur durch die That selbst bewiesen werden kann, so ist auch Naturlehre als Naturwissenschaft, es ist eine rein speculative Physik möglich, welches zu beweisen war.

An-

Anmerkung. Es würde dieser Anmerkung nicht bedürfen, wenn nicht die noch immer herrschende Verwirrung an sich deutlicher Begriffe einige Erklärung hierüber nothwendig machte.

Der Satz: die Naturwissenschaft müsse alle ihre Sätze a priori ableiten können, ist zum Theil so verstanden worden: Die Naturwissenschaft müsse der Erfahrung ganz und gar entbehren und ohne alle Vermittelung der Erfahrung ihre Sätze aus sich selbst herausspinnen können, welcher Satz so ungereimt ist, dafs selbst Einwürfe dagegen Mitleid verdienen. — *Wir wissen nicht nur dies oder jenes, sondern wir wissen ursprünglich überhaupt nichts als durch Erfahrung, und mittelst der Erfahrung,* und insofern besteht unser ganzes Wissen aus Erfahrungssätzen. Zu Sätzen a priori werden diese Sätze nur dadurch, dafs man sich ihrer als nothwendiger bewufst wird, und so kann jeder Satz, sein Inhalt sey übrigens, welcher er wolle, zu jener Dignität erhoben werden, da der Unterschied zwischen Sätzen a priori und a posteriori nicht etwa wie mancher sich eingebildet haben mag, ein ursprünglich an den Sätzen selbst haftender Unterschied, sondern ein Unterschied ist, der blos *in Absicht auf unser Wissen* und die *Art* unseres Wissens von diesen Sätzen gemacht wird, so dafs jeder Satz, der für mich blos hi-

storisch ist, ein Erfahrungssatz, derselbe aber,
sobald ich unmittelbar oder mittelbar die Einsicht in seine innere Nothwendigkeit erlange, ein
Satz a priori wird. Nun muſs es aber überhaupt
möglich seyn, jedes ursprüngliche Naturphäno-
men als ein schlechthin nothwendiges zu erken-
nen, denn wenn in der Natur überhaupt kein
Zufall, so kann auch kein ursprüngliches Phänomen der Natur zufällig seyn, vielmehr schon
darum, weil die Natur ein System ist, muſs es
für alles, was in ihr geschiehet, oder zu Stande kommt, einen nothwendigen Zusammenhang in irgend einem die ganze Natur zusam-
menhaltenden Princip geben. — Die Einsicht in
diese innere Nothwendigkeit aller Naturerscheinungen wird freylich noch vollkommner, sobald
man bedenkt, daſs es kein wahres System giebt,
das nicht zugleich ein organisches Ganzes wäre.
Denn wenn in jedem organischen Ganzen sich
alles wechselseitig trägt und unterstützt, so
muſste diese Organisation als Ganzes ihren
Theilen präexistiren, nicht das Ganze konnte
aus den Theilen, sondern die Theile muſsten
aus dem Ganzen entspringen. *Nicht also
wir kennen die Natur, sondern die Natur
ist a priori*, d. h. alles einzelne in ihr ist
zum Voraus bestimmt durch das Ganze oder
durch die Idee einer Natur überhaupt. Aber
ist die Natur a priori, so muſs es auch möglich
seyn, sie *als* etwas, das a priori ist, zu erken-
nen,

nen, und dies eigentlich ist der Sinn unserer Behauptung.

Eine solche Wissenschaft verträgt wie jede das Hypothetische nicht, noch das blos wahrscheinliche, sondern sie geht auf das evidente und gewisse. Nun mögen wir zwar wohl gewifs seyn, dafs jede Naturerscheinung, sey es auch durch noch so viele Zwischenglieder, zusammenhängt mit den letzten Bedingungen einer Natur; die Zwischenglieder selbst aber können uns unbekannt seyn und noch in den Tiefen der Natur verborgen liegen. Diese Zwischenglieder aufzufinden, ist das Werk der experimentirenden Nachforschung. Die speculative Physik hat nichts zu thun als den Mangel dieser Zwischenglieder aufzuzeigen *); da aber jede neue Entdeckung uns in eine neue Unwissenheit zurückwirft; und indem der eine Knoten sich löfst, ein neuer sich schürzt, so ist begreiflich, dafs die vollständige Entdeckung aller Zwischenglieder im Zusammenhang der Natur, dafs

---

*) So wird es z. B. durch den ganzen Verlauf unserer Untersuchung sehr klar werden, dafs, um die dynamische Organisation des Universums in allen ihren Theilen evident zu machen, uns noch jenes *Central-Phänomen* fehlt, von dem schon *Baco* spricht, das sicher in der Natur liegt, aber noch nicht durch Experimente aus ihr herausgehoben ist.

daſs also auch unsere Wissenschaft selbst eine
unendliche Aufgabe ist. — Nichts aber hat den
ins unendliche gehenden Progressus dieser Wissenschaft mehr aufgehalten, als die Willkühr
in Erdichtungen, womit so lange der Mangel
an gegründeter Einsicht verborgen werden sollte. Dieses Fragmentarische unsrer Kenntnisse
leuchtet erst dann ein, wenn man das blos hypothetische vom reinen Ertrag der Wissenschaft
absondert, und darauf ausgeht, jene Bruchstü-
cke des grofsen Ganzen der Natur wieder in
einem System zu sammlen. Es ist daher begreiflich, daſs *speculative* Physik (die Seele
des wahren Experiments) von jeher die Mutter
aller grofsen Entdeckungen in der Natur gewesen ist.

§. V.

**Von einem System der speculativen Physik
überhaupt.**

Bis jetzt ist die Idee einer speculativen Physik abgeleitet und entwickelt worden; ein ande-
res Geschäft ist, zu zeigen, wie diese Idee reali-
sirt und wirklich ausgeführt werden müsse.

Der Verfasser würde sich hierüber geradezu auf dem
Entwurf eines Systems der Naturphilosophie berufen,
wenn er nicht Ursache hätte, zu erwarten, daſs viele

le selbst von denen, welche jenen Entwurf ihrer Aufmerksamkeit werth halten können, zum voraus mit gewissen Ideen daran kommen werden, welche er eben nicht vorausgesetzt hat, noch vorausgesetzt wissen will.

Was die Einsicht in die Tendenz jenes Entwurfs erschweren kann, ist (abgerechnet die Mängel der Darstellung) hauptsächlich folgendes:

1) Dafs mancher, vielleicht durch das Wort Naturphilosophie geleitet, transcendentale Ableitungen von Naturphänomenen, dergleichen in verschiedenen Bruchstücken anderwärts existiren, zu finden hofft, und überhaupt die Naturphilosophie als einen Theil der Transcendentalphilosophie ansehen wird, da sie doch eine ganz eigene von jeder andern ganz verschiedene und unabhängige Wissenschaft bildet.

2) Dafs die bis jetzt verbreiteten Begriffe von dynamischer Physik von denjenigen, welche der Verfasser aufstellt, sehr verschieden, und mit ihnen zum Theil im Widerspruch sind. Ich rede nicht von den Vorstellungsarten, welche sich mehrere, deren Geschäft eigentlich das blofse Experiment ist, hierüber gemacht haben; z. B. wo es dynamisch erklärt seyn soll, wenn man ein galvanisches Fluidum läugnet, statt dessen aber gewisse Schwingungen in den Metallen annimmt; denn diese, wenn sie merken, dafs sie von der Sache nichts verstanden, werden von selbst zu ihren ehemaligen, für sie

sie gemachten Vorstellungen zurückkehren. Ich rede von Vorstellungsarten, welche durch Kant in philosophische Köpfe gebracht worden sind, und welche sich hauptsächlich darauf reduciren, dafs wir in der Materie nichts als Raumerfüllung mit bestimmtem Grade, in aller Differenz der Materie also auch blofse Differenz der Raumerfüllung (d. h. der Dichtigkeit), in allen dynamischen (qualitativen) Veränderungen also auch blofse Veränderungen im Verhältnifs der Repulsiv-und-Attractiv-Kräfte erblicken. Allein nach dieser Vorstellungsart werden alle Phänomene der Natur nur auf ihrer tiefsten Stufe erblickt, und die dynamische Physik dieser Philosophen fängt eben da an, wo sie eigentlich aufhören sollte. So ist es freylich gewifs, dafs das letzte Resultat jedes dynamischen Processes ein veränderter Grad der Raumerfüllung d. h. eine veränderte Dichtigkeit ist; da nun der dynamische Procefs der Natur Einer, und die einzelnen dynamischen Processe nur verschiedene Zerfällungen des einen Grundprocesses sind, so werden selbst die magnetischen und electrischen Erscheinungen aus diesem Standort angesehen nicht Wirkungen von bestimmten Materien, sondern Veränderungen des *Bestehens der Materie selbst*, und da dieses von der Wechselwirkung der Grundkräfte abhängt, zuletzt Veränderungen im Verhältnisse der Grundkräfte selbst seyn. Wir läugnen nun freylich gar nicht, dafs diese Erscheinungen auf der äufsersten Stufe ihrer Erscheinungen Veränderungen im Verhältnifs der Grundkräfte seyen; wir

B läug-

läugnen nur, dafs diese Veränderungen *sonst nichts* seyen, vielmehr sind wir überzeugt, dafs dieses so genannte dynamische Princip als Erklärungsgrund aller Naturerscheinungen allzu oberflächlich und dürftig ist, um die eigentliche Tiefe und die Mannichfaltigkeit natürlicher Erscheinungen zu erreichen, da vermöge desselben in der That keine qualitative Veränderung der Materie *als* solche (denn die Dichtigkeitsveränderung ist nur das äufsere Phänomen einer höhern Veränderung) construirbar ist. Den Beweis für diese Behauptung zu führen, liegt uns nicht ob, ehe von der entgegengesetzten Seite durch die That selbst jenes Erklärungsprincip als die Natur erschöpfend gerechtfertigt, und die grofse Kluft zwischen jener Art von dynamischer Philosophie und den empirischen Kenntnissen der Physik z. B. in Ansehung der so verschiedenen Wirkungsart der Grundstoffe ausgefüllt ist, welches wir aber, geradezu zu sagen, für unmöglich halten.

Es möge uns also verstattet seyn, an die Stelle der bisherigen dynamischen Vorstellungsart ohne weiteres die unsrige zu setzen, wobey es ohne Zweifel von selbst klar werden wird, wodurch diese von jener sich unterscheide, und durch welche von beyden die Naturlehre am gewissesten zur Naturwissenschaft erhoben werden könne.

§. VI.

§. VI.

Innere Organisation des Systems der speculativen Physik.

1.

Der Untersuchung über das *Princip* der speculativen Physik müssen Untersuchungen über den Unterschied des Speculativen und des Empirischen überhaupt vorangehen. Es kommt hierbey hauptsächlich auf die Ueberzeugung an, dafs zwischen Empirie und Theorie ein solcher vollkommner Gegensatz ist, dafs es kein drittes geben kann, worin beyde zu vereinigen sind, dafs also der Begriff einer *Erfahrungswissenschaft* ein Zwitterbegriff ist, bei dem sich nichts zusammenhängendes, oder der sich vielmehr überhaupt nicht denken läfst. Was reine Empirie ist, ist nicht Wissenschaft, und umgekehrt, was Wissenschaft ist, ist nicht Empirie. Dieses soll nicht etwa zur Herabsetzung der Empirie, sondern dazu gesagt seyn, um sie in ihrem wahren und eigenthümlichen Lichte darzustellen. Reine Empirie, ihr Object sey welches es wolle, ist Geschichte (das absolut entgegengesetzte der Theorie), und umgekehrt, nur Geschichte ist Empirie. *)

---

*) Dafs nur jene warmen Lobpreiser der Empirie, die sie auf Kosten der Wissenschaft erheben, dem Begriff der

Die Physik als Empirie ist nichts als Sammlung von Thatsachen, von Erzählungen des beobachten, des unter natürlichen oder veranstalteten Umständen geschehenen. In dem, was man jetzt Physik nennt, läuft Empirie und Wissenschaft bunt durch einander, und eben deswegen ist sie weder jenes noch dieses.

Unser Zweck ist eben, in Ansehung dieses Objects Wissenschaft und Empirie wie Seele und Leib zu scheiden, und indem wir in die Wissenschaft nichts aufnehmen, was nicht einer Construction a priori fähig ist, die Empirie von aller Theorie zu entkleiden und ihrer ursprünglichen Nacktheit wiederzugeben.

Der Gegensatz zwischen Empirie und Wissenschaft beruht nun eben darauf, daſs jene ihr Object im *Seyn* als etwas fertiges und zu Stande gebrachtes; die Wissenschaft dagegen das Object im *Werden* und als ein erst zu Stande zu bringendes betrachtet. Da die Wissenschaft von nichts ausgehen kann, was Product d. h. Ding ist, so muſs sie von dem un-

be-

der Empirie treu uns nicht ihre eigenen Urtheile und das in die Natur hineingeschlofsne, den Objecten aufgedrungene für Empirie verkaufen wollten, denn so viele auch davon reden zu können glauben, so gehört doch wohl etwas mehr dazu, als viele sich einbilden, das Geschehene aus der Natur rein herauszusehen, und treu so wie es gesehen worden, wiederzugeben.

bedingten ausgehen; die erste Untersuchung der speculativen Physik ist die über das unbedingte der Naturwissenschaft.

2.

Da diese Untersuchung im Entwurf aus den höchsten Principien geführt wird, so kann das folgende nur als Erläuterung jener Untersuchungen angesehen werden.

Da alles, von dem man sagen kann, daſs es *ist*, bedingter Natur ist, so kann nur das *Seyn selbst* das unbedingte seyn. Aber da das einzelne Seyn als ein bedingtes sich nur als bestimmte Einschränkung der productiven Thätigkeit (des einzigen und letzten Substrats aller Realität) denken läſst, so ist das *Seyn selbst* dieselbe productive Thätigkeit *in ihrer Uneingeschränktheit gedacht*. Für die Naturwissenschaft ist also die Natur ursprünglich nur Productivität, und von dieser als ihrem Princip muſs die Wissenschaft ausgehen.

Insofern wir das Ganze der Objecte nur als den Inbegriff des Seyns kennen, ist uns dieses Ganze eine bloſse *Welt*, d. h. ein bloſses Product. Es wäre freylich unmöglich, in der Naturwissenschaft sich zu einem höhern Begriff als dem des Seyns zu erheben, wenn nicht alles Beharren (was im Begriff des Seyns gedacht wird) täuschend und eigentlich ein continuirliches und gleichförmiges Wiederentstehen wäre.

Insofern wir das Ganze der Objecte nicht blos als Product, sondern nothwendig zugleich als productiv setzen, erhebt es sich für uns zur *Natur*, und diese *Identität des Products und der Productivität* und nichts anders ist selbst im gemeinen Sprachgebrauch durch den Begriff der Natur bezeichnet.

Die *Natur* als blofses *Product* (natura naturata) nennen wir Natur als *Object* (auf diese allein geht alle Empirie). Die *Natur als Productivität* (natura naturans) nennen wir *Natur als Subject* (auf diese allein geht alle Theorie).

Da das Object nie unbedingt ist, so mufs etwas schlechthin Nichtobjectives in die Natur gesetzt werden, dieses absolut Nichtobjective ist eben jene ursprüngliche Productivität der Natur. In der gemeinen Ansicht verschwindet sie über dem Product; in der philosophischen verschwindet umgekehrt das Product über der Productivität.

Jene Identität der Productivität und des Products im *ursprünglichen* Begriff der Natur wird ausgedrückt durch die gewöhnlichen Ansichten der Natur als eines Ganzen, das von sich selbst die Ursache zugleich und die Wirkung und in seiner (durch alle Erscheinungen hindurchgehenden) Duplicität wieder identisch ist. Ferner stimmt mit diesem Begriff überein die Identität des Ideellen und Reellen, die im Begriff jedes Naturproducts gedacht

dacht wird, und in Ansehung welcher allein auch die Natur der Kunst entgegen gesetzt werden kann. Denn wenn in der Kunst der Begriff der That, der Entwurf der Ausführung vorangeht, so sind in der Natur vielmehr Begriff und That gleichzeitig und Eins, der Begriff geht unmittelbar in das Product über und läfst sich nicht von ihm trennen.

Diese Identität wird aufgehoben durch die empirische Ansicht, welche in der Natur nur die *Wirkung* erblickt, (obgleich wegen der beständigen Ausschweifung der Empirie in das Feld der Wissenschaft selbst in der blos empirischen Physik Maximen gehört werden, die einen Begriff von der Natur als Subject voraussetzen, wie z. B.: die Natur wählt den kürzesten Weg; die Natur ist sparsam in Ursachen, und verschwenderisch in Wirkungen); dieselbe wird aufgehoben durch die Speculation, welche in der Natur nur die *Ursache* erblickt.

3.

Nur von der Natur als Object kann man sagen, dafs sie *ist*, nicht von der Natur als Subject, denn diese ist das Seyn oder die Productivität selbst.

Diese absolute Productivität soll in eine empirische Natur übergehen. Im Begriff der absoluten Productivität wird der Begriff einer *ideellen* Unendlichkeit gedacht. Die ideelle Unendlichkeit soll zu einer empirischen werden.

Aber

Aber empirische Unendlichkeit ist ein unendliches Werden. — Jede unendliche Reihe ist nichts als Darstellung einer intellectuellen oder ideellen Unendlichkeit. Die ursprünglich unendliche Reihe (das Ideal aller unendlichen Reihen) ist die, worinn unsre intellectuelle Unendlichkeit sich evolvirt, die *Zeit*. Die Thätigkeit, welche diese Reihe unterhält, ist dieselbe, welche unser Bewuſstseyn unterhält; das Bewuſstseyn aber ist stetig. Die Zeit also, als Evolution jener Thätigkeit kann nicht durch Zusammensetzung erzeugt werden. Da nun alle andern unendlichen Reihen nur Nachahmungen der ursprünglich-unendlichen Reihe, der Zeit, sind, so kann keine unendliche Reihe anders als stetig seyn. Das Hemmende in der ursprünglichen Evolution (ohne welches diese mit unendlicher Geschwindigkeit geschehen müſste), ist nichts anders als die *ursprüngliche Reflexion*; die Nothwendigkeit der Reflexion auf unser Handeln in jedem Moment (die beständige Duplicität in der Identität) ist der geheime Kunstgriff, wodurch unser Daseyn *Dauer* erhält. — Die absolute Continuität existirt also nur für die Anschauung, nicht aber für die *Reflexion*. Anschauung und Reflexion sind sich entgegengesetzt. Die unendliche Reihe ist stetig für die productive *Anschauung*, unterbrochen und zusammengesetzt für die Reflexion. Auf diesem *Widerspruch* zwischen Anschauung und Reflexion beruhen jene Sophismen, womit die Möglichkeit aller Bewegung bestritten wird, und welche

durch

durch die productive Anschauung in jedem Moment gelöst werden. Für die Anschauung z. B. geschieht die Wirkung der Schwerkraft mit vollkommner Continuität; für die Reflexion ruck- und stofsweise Daher sind alle Gesetze der Mechanik wodurch das, was eigentlich nur Object der productiven Anschauung ist, Object der Reflexion wird, eigentlich nur Gesetze für die Reflexion. — Daher die erdichteten Begriffe der Mechanik; die Zeitatomen, in welchen die Schwerkraft wirkt, das Gesetz, dafs das Moment der Sollicitation unendlich klein ist, weil sonst in endlicher Zeit eine unendliche Geschwindigkeit erzeugt würde u. s. f. Daher endlich, dafs keine unendliche Reihe in der Mathematik wirklich als stetig, sondern nur als ruck- und stofsweise fortrückend vorgestellt werden kann.

Diese ganze Untersuchung über den Gegensatz zwischen der Reflexion und der Productivität der Anschauung dient nur, um den allgemeinen Satz daraus abzuleiten, dafs in *aller* Productivität und nur in ihr absolute *Continuität* sey, welcher Satz wichtig ist für die Betrachtung der ganzen Natur, da z. B. das Gesetz, dafs in der Natur kein Sprung, dafs eine Continuität der Formen in ihr sey u. s. w. auf die ursprüngliche Productivität der Natur eingeschränkt wird, in welcher allerdings Continuität seyn mufs, während auf dem Standpuncte der Reflexion in der Natur alles *gesondert* und *ohne* Continuität, gleichsam neben einander gestellt, erscheinen

nen muſs, daher wir beyden Recht geben müssen, sowohl denen, welche die Continuität in der Natur, z. B. der organischen behaupten, als denen, welche sie läugnen, nach der Verschiedenheit des Standpuncts, auf welchem sich beyde befinden, womit dann zugleich der Gegensatz zwischen dynamischer und atomistischer Physik abgeleitet ist, indem, wie sich bald zeigen wird, beide sich nur dadurch unterscheiden, daſs jene auf dem Standpunct der *Anschauung*, diese auf dem der *Reflexion* steht.

4.

Diese allgemeinen Grundsätze vorausgesetzt können wir sicherer zu unserm Zwecke gelangen und den innern Organismus unsers Systems auseinanderlegen.

a) Im Begriff des Werdens wird der Begriff der Allmäligkeit gedacht. Aber eine absolute Productivität wird empirisch sich darstellen als ein Werden mit unendlicher Geschwindigkeit, wodurch für die Anschauung nichts reelles entsteht.

(Da die Natur als unendliche Productivität eigentlich als in unendlicher Evolution begriffen gedacht werden muſs, so ist das Bestehen, das Ruhen der Naturproducte (der organischen z. B.) nicht als ein absolutes Ruhen, sondern nur als eine Evolution mit unendlichkleiner Geschwindigkeit oder mit unendlicher Tardität vorzustellen. Aber bis jetzt ist nicht einmal die Evolution mit endlicher geschweige
denn

denn mit unendlichkleiner Geschwindigkeit construirt).

b) Daſs die Evolution der Natur mit endlicher Geschwindigkeit geschehe und so Object der Anschauung werde, ist nicht denkbar ohne ein ursprüngliches Gehemmtseyn der Productivität.

c) Aber ist die Natur absolute Productivität, so kann der Grund dieses Gehemmtseyns nicht auſser ihr liegen. Die Natur ist ursprünglich *nur* Productivität, es kann also in dieser Productivität nichts bestimmtes seyn, (denn alle Bestimmung ist Negation), also kann es auch durch sie nicht zu Producten kommen. — Soll es zu Producten kommen, so muſs die Productivität aus einer unbestimmten eine bestimmte, d. h. sie muſs *als reine* Productivität aufgehoben werden. Läge nun der Bestimmungsgrund der Productivität auſser der Natur, so wäre die Natur nicht ursprünglich absolute Productivität. — Es soll allerdings in die Natur Bestimmtheit d. h. Negativität kommen, aber diese Negativität muſs von einem höhern Standpunkte angesehen wieder Positivität seyn.

d) Aber fällt der Grund jenes Gehemmtseyns *in die Natur selbst*, so hört die Natur auf, *reine Identität* zu seyn. (Die Natur, insofern sie *nur* Productivität ist, ist reine Identität, und es läſst sich in ihr schlechterdings nichts unterscheiden.

Soll

Soll in ihr etwas unterschieden werden, so muſs in ihr die Identität aufgehoben werden, die Natur muſs nicht Identität sondern Duplicität seyn.

Die Natur muſs ursprünglich sich selbst Object werden, diese Verwandlung des *reinen Subjects* in ein *Selbst - Object* ist ohne ursprüngliche Entzweyung in der Natur selbst undenkbar.

Diese Duplicität läſst sich also nicht weiter physikalisch ableiten, denn als Bedingung aller Natur überhaupt, ist sie Princip aller physikalischen Erklärung, und alle physikalische Erklärung kann nur darauf gehen, alle Gegensätze, die in der Natur erscheinen, auf jenen ursprünglichen Gegensatz im Innern der Natur, *der selbst nicht mehr erscheint*, zurückzuführen. — Warum ist kein ursprüngliches Phänomen der Natur ohne jene Dualität, wenn nicht in der Natur ins unendliche fort alles sich wechselseitig Subject und Object, und die Natur ursprünglich schon Product und productiv zugleich ist. —

e) Ist die Natur ursprünglich Duplicität, so müssen schon in der ursprünglichen Productivität der Natur entgegengesetzte Tendenzen liegen (Der positiven Tendenz muſs eine andere, die gleichsam antiproductiv, die Production hemmend ist, entgegengesetzt werden; nicht als die verneinende, sondern als die negative, die reell entgegengesetzte der ersten). Nur dann ist in der Natur des Begränztseyns unerachtet keine Passivität, wenn auch das

Be-

Begränzende wieder positiv und ihre ursprüngliche Duplicität ein Widerstreit reell entgegengesetzter Tendenzen ist.

f) Damit es zum Product komme, müssen diese entgegengesetzten Tendenzen zusammentreffen. Aber da sie als *gleich* gesetzt werden, (denn es ist kein Grund, sie als ungleich zu setzen), so werden sie, wo sie zusammentreffen, sich wechselseitig an einander vernichten, das Product ist also $= 0$, und es kommt abermals nicht zum Product.

Dieser unvermeidliche obgleich bisher eben nicht sehr bemerkte Widerspruch; (nämlich, daſs das Product nur durch die Concurrenz entgegengesetzter Tendenzen entstehen kann; diese entgegengesetzten Tendenzen aber sich wechselseitig vernichten), ist nur auf folgende Art auflöſsbar:

Es ist schlechterdings kein *Bestehen* eines Products denkbar, *ohne ein beständiges Reproducirtwerden*. Das Product muſs gedacht werden *als in jedem Moment vernichtet*, und *in jedem Moment neu reproducirt*. Wir sehen nicht eigentlich das Bestehen des Products, sondern nur das beständige Reproducirtwerden.

(Es ist ohne Zweifel sehr begreiflich, daſs die Reihe $1 - 1 + 1 \ldots$ *unendlich* gedacht weder $= 1$ noch $= 0$ ist. Aber tiefer liegt der Grund, warum diese Reihe unendlich gedacht $= \frac{1}{2}$ ist. Es ist Eine absolute

lute Größe ($=1$) die in dieser Reihe, immer vernichtet, immer wiederkehrt, und durch dieses Wiederkehren nicht sich selbst aber doch das Mittlere zwischen sich selbst und dem Nichts producirt — Die Natur als Object ist das in einer solchen unendlichen Reihe zu Stande kommende und $=$ einem Bruch, der ursprünglichen Einheit, wozu die nie aufgehobene Duplicität den Zähler abgiebt).

g) Ist das Bestehen des Products ein beständiges Reproducirtwerden, so ist auch alles *Beharren* nur in der Natur als *Object*, in der Natur als *Subject* ist nur unendliche *Thätigkeit*.

Das Product ist ursprünglich nichts als ein bloſser Punkt, bloſse Gränze, erst indem die Natur gegen diesen Punkt ankämpft, wird er zur erfüllten Sphäre, zum Product gleichsam erhoben. (Man denke sich einen Strom, derselbe ist *reine Identität*, wo er einem Widerstand begegnet, bildet sich ein Wirbel, dieser Wirbel ist nichts Feststehendes, sondern in jedem Augenblick Verschwindendes, in jedem Augenblick wieder Entstehendes. — In der Natur ist ursprünglich nichts zu unterscheiden; noch sind gleichsam alle Producte aufgelöst und unsichtbar in der allgemeinen Productivität. Erst wenn die Hemmungspunkte gegeben sind, werden sie allmählig abgesetzt, und treten aus der allgemeinen Identität hervor. — An jedem solchem Punkt bricht sich der Strom (die Productivität wird vernichtet),

tet), aber in jedem Moment kommt eine neue Welle, welche die Sphäre erfüllt).

Die Naturphilosophie hat nicht das Productive der Natur zu erklären, denn wenn sie dieses nicht ursprünglich in die Natur setzt, so wird sie es nie in die Natur bringen. Zu erklären hat sie das Permanente. Aber *dafs* etwas in der Natur permanent werde, ist selbst nur aus jenem Ankämpfen der Natur *gegen alle Permanenz* erklärbar. Die Producte würden als blofse Punkte erscheinen, wenn die Natur nicht durch ihr Andringen selbst ihnen Umfang und Tiefe gebe, und die Producte selbst würden nur einen Moment dauren, wenn die Natur nicht in jedem Moment gegen sie andränge.

h) Jenes Scheinproduct, das in jedem Moment reproducirt wird, kann nicht ein wirklich unendliches Product seyn, denn sonst würde die Productivität sich in ihm wirklich erschöpfen; gleichwohl kann es auch kein endliches Product seyn, denn es ist die Kraft der ganzen Natur, die sich darein ergiefst. Es müfste also endlich und unendlich zugleich seyn, es müfste nur scheinbar endlich aber in unendlicher *Entwicklung* seyn.

Der Punct, wo dieses Product ursprünglich hinfällt, ist der allgemeine Hemmungspunct der Natur, der Punct, von wo aus alle Evolution der Natur beginnt. Aber dieser Punct liegt in der Natur, so wie sie evolvirt ist, nicht da oder dort, sondern überall, wo ein Product ist.

Jenes Product ist ein endliches, aber da die unendliche Productivität der Natur in ihm sich concentrirt, muſs es den Trieb zur unendlichen Entwickelung haben. — Und so gelangten wir allmählig und durch alle bisherigen Zwischenglieder zur Construction jenes unendlichen Werdens, der empirischen Darstellung einer ideellen Unendlichkeit.

Wir erblicken in dem, was man Natur nennt (d. h. in dieser Sammlung einzelner Objecte) nicht das Urproduct selbst sondern seine Evolution, (daher der Hemmungspunct nicht *einer* bleiben kann). — Wodurch diese *Evolution* wieder absolut gehemmt ist, was geschehen muſs, wenn es zu einem fixirten Product kommen soll, ist noch nicht erklärt. —

Aber durch jenes Product evolvirt sich eine ursprüngliche Unendlichkeit, diese Unendlichkeit kann nie abnehmen. Die Gröſse, welche in einer unendlichen Reihe sich evolvirt, ist in jedem Punct der Linie noch unendlich, also wird die Natur in jedem Punct der Evolution noch unendlich seyn.

Es ist nur Ein ursprünglicher Hemmungspunct der Productivität, aber es können unzählige Hemmungsmungspuncte der *Evolution* gedacht werden. Jeder solcher Punct ist uns durch ein Product bezeichnet, aber in jedem Punct der Evolution ist die Natur noch unendlich, also ist die Natur in jedem Product noch unendlich, und in jedem liegt der Keim eines Universums. *)

(Wodurch der unendliche Trieb im Product gehemmt, ist noch unbeantwortet. Jene ursprüngliche Hemmung in der *Productivität* der Natur, erklärt nur, warum die Evolution mit endlicher Geschwindigkeit, nicht aber, warum sie mit unendlichkleiner geschieht).

i) Das Product evolvirt sich in's unendliche. In dieser Evolution kann also nichts vorkommen, was nicht noch Product (Synthesis) wäre, und was nicht in neue Factoren zerfallen könnte, deren jeder wieder seine Factoren hat.

Selbst durch eine in's unendliche fortgesetzte Analysis also könnte man in der Natur auf nichts kommen, was absolut einfach wäre.

k)

*) Ein Reisender nach Italien macht die Bemerkung, dafs an dem grofsen Obelisk zu Rom die ganze Weltgeschichte sich demonstriren läfst; — so an jedem Naturproduct. Jeder Mineralkörper ist ein Fragment der Geschichtsbücher der Erde. Aber was ist die Erde? — Ihre Geschichte ist verflochten in die Geschichte der ganzen Natur, und so geht vom Fossil durch die ganze anorgische und organische Natur herauf bis zur Geschichte des Universums — Eine Kette.

C

k) *Denkt* man sich aber die Evolution als vollendet, (obgleich sie *nie* vollendet seyn kann), so könnte die Evolution nicht stillestehen bey etwas, das noch Product ist, sondern nur bey dem rein *productiven*.

Es entsteht die Frage, ob ein Letztes der Art, das nicht mehr Substrat, sondern Ursache alles Substrats, nicht mehr Product, sondern absolut productiv ist, in der Erfahrung — nicht vorkomme, denn dies ist undenkbar, sondern zum wenigsten sich nachweisen lasse?

l) Da es den Character des unbedingten trägt, müfste es sich darstellen als etwas, das, obgleich selbst nicht im Raum, doch Princip aller Raumerfüllung ist. (S. den Entwurf S. 15.)

Was den Raum *erfüllt*, ist nicht die Materie, denn die Materie ist der erfüllte Raum selbst. Was also den Raum erfüllt, kann nicht Materie seyn. Nur was ist, ist im Raum, nicht das *Seyn-selbst*.

Es ist von selbst klar, dafs von dem, was nicht im Raum *ist*, auch keine positive äufsere Anschauung möglich ist. Es müfste also wenigstens *negativ* darstellbar seyn. Dies geschieht auf folgende Art.

Was im Raum ist, ist als solches mechanisch und chemisch zerstörbar. Was weder mechanisch noch chemisch zerstörbar ist, müfste also *jenseits* des Raumes liegen. Etwas der Art aber ist nur der letzte Grund

alles

aller *Qualität*, denn obgleich eine Qualität durch die andere ausgelöscht werden kann, so geschieht es doch nur in einem dritten Product C, zu dessen Bildung und Unterhaltung A und B, (die entgegengesetzten Factoren von C) fortwirken müssen.

Aber dieses unzerstörbare, was nur als *reine Intensität* denkbar ist, ist als Ursache alles Substrats zugleich das Princip aller Theilbarkeit in's unendliche. (Ein Körper ins unendliche getheilt, erfüllt mit seinem kleinsten Theil noch in denselben Grade den Raum).

Was also rein productiv ist, ohne *Product* zu seyn, ist nur der letzte Grund der *Qualität*. Aber jede Qualität ist eine bestimmte, die Productivität aber ursprünglich unbestimmt. In den Qualitäten erscheint also die Productivität schon als gehemmt, und da sie in ihnen überhaupt am ursprünglichsten erscheint, erscheint sie in ihnen *am ursprünglichsten gehemmt*.

Hier ist der Punct, wo unsere Vorstellungsart von den Vorstellungsarten der insgemein so genannten dynamischen Physik sich trennt.

Unsere Behauptung ist kurz gesagt diese: Wäre die unendliche Evolution der Natur *vollendet*, (was unmöglich ist), so würde sie zerfallen in ursprüngliche und einfache *Actionen*; oder wenn es erlaubt ist, so sich auszudrücken, in einfache Productivitäten. Unsere Behauptung ist also nicht: Es *gebe* in der Natur solche einfache Actionen, sondern nur sie seyen die *ideellen* Erklärungsgründe der Qualität; diese Entelechien lassen sich nicht wirklich aufzeigen, sie *existiren* nicht. Zu beweisen ist also hier nicht mehr, als behauptet wird, nämlich dafs solche ursprüngliche Productivitäten *gedacht* werden müssen als Erklärungsgründe aller Qualität. Dieser Beweis ist folgender:

Dafs nichts, was im Raume *ist* d. h. dafs überhaupt nichts mechanisch einfach sey, bedarf keines Beweises. Was also wahrhaft einfach ist, kann nicht im Raum sondern mufs jenseits des Raumes gedacht werden. Aber jenseits des Raums gedacht wird nur die *reine Intensität*. Dieser Begriff der reinen Intensität wird ausgedrückt durch den Begriff der Action. — Nicht das Product dieser Action ist einfach, wohl aber die *Action selbst* abstrahirt vom Product, und diese mufs einfach seyn, damit das Product ins unendliche theilbar sey. Denn wenn auch die Theile dem Verschwinden nahe sind, mufs die Intensität noch bleiben. Und diese reine Intensität ist das, was selbst bey der unendlichen Theilung das Substrat erhält.

Wenn also Atomistik die Behauptung ist, welche etwas Einfaches als ideellen Erklärungsgrund der Qualität behauptet, so ist unsere Philosophie Ato-

Atomistik. Aber da sie das Einfache in etwas setzt. das nur productiv ist, ohne Product zu seyn, so ist sie *dynamische Atomistik.*

So viel ist klar, dafs wenn man ein absolutes Zertrennen der Natur in ihre Factoren annimmt, das letzte, was übrig bleibt, etwas seyn mufs, was allem Zertrennen absolut widersteht, d. h. das Einfache. Aber das Einfache läfst sich nur dynamisch denken, und als solches ist es *gar nicht im Raume,* es ist also auch keine Anschauung davon möglich als durch sein *Product.* Es ist für dasselbe auch kein Maafs gegeben, als sein Product. Denn rein gedacht ist es der blofse *Ansatz* zum Product, (wie der Punkt nur Ansatz zur Linie ist), mit einem Wort reine Entelechie. Aber was nicht an sich selbst, sondern nur in seinem Producte erkannt wird, wird schlechthin *empirisch* erkannt. Mufs also jede ursprüngliche Qualität *als* Qualität, (nicht etwa als Substrat, dem die Qualität blofs inhärirt) gedacht werden als reine Intensität, reine *Action,* so sind Qualitäten überhaupt nur das absolut empirische unserer Naturkenntnifs; wovon keine Construction möglich ist, und in Ansehung welcher der Naturphilosophie nichts übrig bleibt, als der Beweis, dafs sie die absolute Gränze ihrer Construction sind.

Die Frage nach dem Grund der Qualität setzt die Evolution der Natur als vollendet, d. h. sie setzt etwas blofs gedachtes voraus, und kann daher auch nur durch einen ideellen Erklärungsgrund beantwortet werden. Jene Frage nimmt den Standpunkt der Reflexion (auf das Product), da die ächte Dynamik immer auf dem Standpunkt der *Anschauung* bleibt. —

(Es muſs aber hier sogleich bemerkt werden, daſs wenn der Erklärungsgrund der Qualität als ein *ideeller* vorgestellt wird, nur von der Erklärung der Qualität, in so fern sie *absolut* gedacht wird, die Rede ist. Es ist nicht die Rede von der Qualität, insofern sie z. B. im dynamischen Processe sich zeigt. Für die Qualität, insofern sie relativ ist, giebt es allerdings einen Erklärungs- und Bestimmungsgrund; die Qualität ist dann bestimmt durch die entgegengesetzte, mit der sie in Conflict gesetzt ist, und diese Entgegensetzung ist selbst wieder bestimmt durch eine höhere Entgegensetzung, und so ins unendliche zurück; so, daſs, wenn jene allgemeine Organisation sich auflösen könnte, auch alle Materie in dynamische Unthätigkeit, d. h. absoluten Mangel der Qualität zurücksinken würde. (Die Qualität ist eine höhere Potenz der Materie, zu der sie sich selbst wechselseitig erhebt). Es wird in der Folge bewiesen, daſs der dynamische Procefs ein begränzter sey für jede einzelne Sphäre, weil nur dadurch feste Beziehungspunkte für die Qualitätsbestimmung entstehen. Jene Begränzung des dynamischen Processes, d. h. die eigentliche Qualitäts-*Bestimmung* geschieht durch keine andere Kraft, als durch welche die Evolution der Natur überhaupt schlecht-

schlechthin begränzt wird, und dieses *negative* ist das einzige in den Dingen unzerlegbare durch nichts überwältigte. — Die absolute Relativität aller Qualität läfst sich aus dem electrischen Verhältnifs der Körper beweisen, da derselbe Körper, welcher mit jenem positiv, mit diesem negativ ist, und umgekehrt. Nun möchte es aber künftig wohl bey dem Satz (welcher auch schon im Entwurf liegt) bleiben: *Alle Qualität ist Electricität*, und umgekehrt *die Electricität eines Körpers ist auch seine Qualität* (denn alle Qualitätsdifferenz ist gleich der Electricitätsdifferenz und alle Qualität ist reducibel auf Electricität.) — Alles, was für uns sensibel ist, (sensibel im engern Sinne des Worts, wie Farben, Geschmack u. s. w.) ist ohne Zweifel für uns sensibel nur *durch* Electricität, und das einzig *unmittelbar* sensible möchte wohl die Electricität seyn *), worauf schon die allgemeine Dualität jedes Sinnes (Entw. S. 185.) führt, da in der Natur eigentlich nur Eine Dualität ist. Im Galvanismus reducirt die Sensibilität als Reagens alle Qualität der Körper, für welche sie Reagens ist, auf Eine ursprüngliche Differenz. Alle Körper, die in einer Kette überhaupt den Geschmacks - oder den Gesichts-Sinn afficiren,

ihre

---

*) *Volta* fragt schon aus Gelegenheit der Sinnesaffection durch Galvanismus: „Könnte das electrische Fluidum nicht die unmittelbare Ursache eines jeden Geschmacks seyn? Könnte es nicht die Ursache der Sensation aller andern Sinne seyn?"

ihre Differenz sey sonst noch so grofs, sind alle entweder alcalisch, oder sauer, erregen negativen oder positiven Blitz und hier immer erscheinen sie in einer höhern, als der *blofs* chemischen Potenz thätig.

Die Qualität *absolut* gedacht ist inconstructibel, weil Qualität überhaupt nichts absolutes ist, und es überhaupt keine andere Qualität giebt, als die, welche Körper wechselseitig, in Bezug auf einander zeigen, und alle Qualität etwas ist, vermöge dessen der Körper gleichsam *über sich selbst gehoben wird.*

Alle bisher unternommene Construction der Qualität reducirt sich auf die beyden Versuche: Qualitäten durch *Figuren* auszudrücken, also für jede ursprüngliche Qualität eine eigenthümliche Figur in der Natur anzunehmen, oder aber die Qualität durch *analytische Formeln* (wo Attractiv- und Repulsiv-Kraft die negativen und positiven Gröfsen dazu geben) auszudrücken. Wegen der Nichtigkeit auch dieses Versuchs kann man sich am kürzesten auf die Leerheit der ihm gemäfsen Erklärungen berufen. Daher wir uns hier auf die einzige Anmerkung einschränken, dafs durch die Construction aller Materie aus den beyden Grundkräften zwar verschiedene Dichtigkeitsgrade, nimmermehr aber verschiedene Qualitäten *als* Qualitäten construirt werden, denn obgleich alle dynamischen (qualitativen) Veränderungen auf ihrer tiefsten Stuffe als Veränderungen der Grundkräfte erscheinen, so erblicken wir

auf

auf jener Stuffe doch nur das Product des Processes, nicht den *Proceſs selbst*, und jene Veränderungen sind *das zu Erklärende*, der Erklärungsgrund also muſs ohne Zweifel in etwas höherm gesucht werden). —

Es ist nur ein ideeller Erklärungsgrund der Qualität möglich, weil dieser Erklärungsgrund selbst etwas bloſs ideelles voraussetzt. Wer nach dem letzten Grund der Qualität fragt, setzt sich in den Anfangspunkt der Natur zurück. Aber wo ist dieser Anfangspunkt, und besteht nicht alle Qualität eben darinn, daſs die Materie durch die allgemeine Verkettung verhindert wird, in ihre Ursprünglichkeit zurückzukehren?

Von jenem Punkte aus, wo Reflexion und Anschauung sich trennen, welche Trennung aber selbst nur unter Voraussetzung der vollendeten Evolution möglich ist, trennt sich die Physik in die beyden entgegengesetzten Richtungen, in welche sich die beyden Systeme, das atomistische und das dynamische getheilt haben.

Das *dynamische* System läugnet die absolute Evolution der Natur, und geht von der Natur als Synthesis (= der Natur als Subject) zu der Natur als Evolution (= der Natur als Object), das *atomistische* System geht von der Evolution als dem ursprünglichen zu der Natur als Synthesis; jenes vom Standpunkt der Anschauung zu dem der Reflexion, dieses vom Standpunkt der Reflexion zu dem der Anschauung.

Beyde Richtungen sind gleich möglich. Ist nur die Analysis richtig, so muſs sich durch die Analysis wieder die Synthesis, so wie durch die Synthesis auch wieder die Analysis finden lassen. Aber ob die Analysis richtig ist, erkennt man nur daran, daſs man von ihr wieder auf die Synthesis kommt. Die Synthesis ist und bleibt also das absolut vorausgesetzte.

Die Aufgaben des einen Systems kehren sich in dem andern gerade um; was der atomistischen Physik Ursache der *Zusammensetzung* der Natur ist, ist der dynamischen das *Hemmende der Evolution*. Jene erklärt die Zusammensetzung der Natur durch Cohäsionskraft, wodurch doch niemals wahre Continuität in sie kommt; diese erklärt umgekehrt die Cohäsion durch die Continuität der Evolution. (Alle Continuität ist ursprünglich nur in der Productivität.)

Beyde Systeme gehen von etwas bloſs Ideellen aus. Die absolute Synthesis ist eben so gut bloſs *ideell* als die absolute Analysis. Das Reelle findet sich erst in der Natur als *Product*, aber die Natur, weder als absolute Involution noch als absolute Evolution gedacht, ist das *Product*; das Product ist das zwischen beyden Extremen Begriffene.

Die erste Aufgabe für beyde Systeme ist, das Product, d. h. das worinn jene Entgegengesetzten reell werden, zu construiren. Beyde rechnen mit bloſs *ideellen* Gröſsen, so lange das Product nicht construirt ist; die *Richtungen* nur, in welchen sie dazu ge-

gelangen, sind sich entgegengesetzt. Beyde Systeme haben, sofern sie blofs mit ideellen Factoren zu thun haben, gleichen Werth, und eines ist die Probe des andern. — Was in den Tiefen der productiven Natur verborgen ist, mufs in der Natur als Natur als Product widerstrahlen, und so mufs das atomistische System der beständige Reflex des dynamischen seyn. Es ist in dem Entwurf absichtlich von beyden Richtungen die der atomistischen Physik gewählt worden. Es wird zum Verständnifs unsrer Wissenschaft nicht wenig beytragen, wenn wir, was dort im *Product* gezeigt worden ist, hier in der *Productivität* aufzeigen.

---

m) *In der reinen Productivität der Natur ist schlechterdings nichts unterscheidbares jenseits der Entzweiung; nur die in sich selbst entzweite Productivität giebt das Product.*

Da die absolute Productivität nur auf das Produciren an sich, nicht auf das Produciren eines Bestimmten geht, so wird die Tendenz der Natur, vermöge welcher es in ihr zum Product kommt, die *negative* der Productivität seyn.

So wenig in der Natur, insofern sie reell ist, Productivität ohne Product seyn kann, so wenig
Pro-

Product ohne Productivität. Die Natur kann beiden Extremen nur sich annähern, und es mufs aufgezeigt werden, *dafs* sie beyden sich annähert.

α) *Die reine Productivität geht ursprünglich auf Gestaltlosigkeit.*

Wo die Natur in Gestaltlosigkeit sich verliert, erschöpft sich die Productivität in ihr. (Diefs ist es, was man durch das Latentwerden ausdrückt). — Umgekehrt, wo die Gestalt überwindet, wo also die Productivität *begränzt* wird, tritt die Productivität hervor; sie erscheint nicht etwa als (darstellbares) Product, sondern *als* Productivität, obgleich ins Product übergehende, wie in den Erscheinungen der Wärme. (Der Begriff imponderabler Materien ist nur ein *symbolischer* Begriff).

β) *Geht die Productivität auf Gestaltlosigkeit, so ist sie, objectiv angesehen, das absolut Gestaltlose.*

(Man hat die Kühnheit des atomistischen Systems nur wenig begriffen. — Die in ihm herrschende Idee eines absolut formlosen, nirgends als bestimmte Materie darstellbaren, ist nichts anders als Symbol der, der Productivität sich annähernden, Natur. — Je näher der Productivität, desto näher der Gestaltlosigkeit.

γ) *Die Productivität erscheint als Productivität nur wo ihr Gränzen gesetzt werden.*

Was

Was überall und in allem ist, ist ebendefswegen nirgends. — Fixirt wird die Productivität nur durch die Begränzung. — Die *Electricität* existirt erst in dem Moment, wo die Gränzen gegeben sind, und es ist eine Armseligkeit der Vorstellungsart, in ihren Phänomenen etwas anders als Phänomene der (begränzten) Productivität zu suchen. — Die Bedingung des *Lichts*, ist ein Gegensatz im electrischen und galvanischen, wie im chemischen Procefs, und selbst das Licht, das ohne unser Zuthun uns kommt, (das Phänomen der von der Sonne ringsum ausgeübten Productivität) setzt jenen Gegensatz voraus. *)

δ) *Nur die begränzte Productivität giebt den Ansatz zum Product.* (Die Erklärung des Products mufs mit dem Entstehen des festen Puncts anfangen, wo der Ansatz beginnt. — *Die Bedingung aller Gestaltung ist Dualität.* (Diefs ist der tiefere Sinn in Kant's Construction der Materie aus entgegengesetzten Kräften).

Die

*) Es ist den vorhandnen *Experimenten* nach wenigstens nicht unmöglich, Licht - und Electricitätserscheinungen als Eines anzusehen, da im prismatischen Bild die Farben als einander entgegengesetzt, und das in der Regel in die Mitte fallende weifse Licht als der Indifferenzpunct wenigstens betrachtet werden kann: und der *Analogie* nach wird man eben *diese* Construction der Lichterscheinungen für die ächte zu halten versucht.

Die electrischen Erscheinungen sind das allgemeine Schema für die Construction der Materie überhaupt.

e) In der Natur kann es weder zur reinen Productivität noch zum reinen Product kommen.

Jene ist absolute Negation alles Products, dieses Negation aller Productivität.

(Annäherung zu jener ist das absolut Decomponible, zu diesem das absolut Indecomponible der Atomistik. Jenes kann nicht gedacht werden ohne zugleich das absolut Incomponible, dieses nicht, ohne zugleich das absolut Componible zu seyn).

Die Natur wird also ursprünglich das Mittlere aus beyden seyn, und so gelangen wir zum Begriff *einer auf dem Uebergang in's Product begriffnen Productivität, oder eines Products, das ins unendliche productiv ist.* — Wir halten uns an die letztere Bestimmung.

Der Begriff des Products (des fixirten) und des Productiven (des freien) ist sich entgegengesezt. — Da das von uns postulirte schon Product ist, so kann es, wenn es productiv ist, nur auf *bestimmte Art* productiv seyn. Aber bestimmte Productivität ist (active) *Gestaltung.* Jenes dritte müfste also *im Zustand der Gestaltung seyn.*

Aber das Product soll in's unendliche productiv seyn, (jener Uebergang soll nie absolut geschehen);

hen); es wird also zwar in jedem Moment auf bestimmte Art productiv seyn, die Productivität wird bleiben, nicht aber das Product.

(Es könnte die Frage entstehen, wie hier nur überhaupt ein Uebergang von Gestalt in Gestalt möglich sey, wenn *keine* Gestalt fixirt ist. Allein dafs es zu *momentanen* Gestalten komme, ist schon dadurch möglich gemacht, dafs die Evolution nicht mit unendlicher Geschwindigkeit geschehen kann, wo also allerdings für jeden Moment wenigstens die Gestalt eine bestimmte ist.)

Das Product wird erscheinen, als *in unendlicher Metamorphose* begriffen.

(Auf dem Standpunkt der Reflexion als beständig auf dem Sprung vom Flüssigen ins Feste, ohne doch, je die gesuchte Gestalt zu treffen. — Organisationen, die nicht im gröbern Element leben, leben wenigstens auf dem tiefen Grund des Luftmeers — viele gehen durch Metamorphosen aus dem Einen Element ins andre über, und was scheint das Thier, dessen Lebensfunctionen fast alle in Contractionen bestehen anders zu seyn, als ein solcher Sprung?)

Die Metamorphose wird nicht *regellos* geschehen können. Denn sie mufs innerhalb des ursprünglichen

lichen Gegensatzes bleiben und ist dadurch in Gränzen eingeschlossen. *)

(Diese Regelmäfsigkeit wird sich durch nichts anders, als eine innere Verwandtschaft der Gestalten ausdrücken, welche Verwandschaft wieder nicht denkbar ist ohne einen *Grundtypus*, der allen zu Grunde liegt — und den sie unter mannichfaltigen Abweichungen zwar, aber doch alle ausdrücken.)

Aber auch mit einem solchen Product haben wir nicht was wir suchten, ein Product das, in's unendliche productiv, *dasselbe* bleibt. Dafs das Product dasselbe bleibt, scheint undenkbar, weil es ohne absolutes Hemmen, Aufheben der Productivität nicht denkbar ist. — Das Product müfste gehemmt werden, wie die Productivität gehemmt wurde; denn es ist immer noch productiv; gehemmt durch *Entzweiung* und daraus resultirende Begränzung. Aber es müfste zugleich erklärt werden, wie das productive Product auf einzelnen Bildungsstuffen gehemmt werden könne, ohne dafs es aufhöre productiv zu seyn, oder *wie durch die Entzweiung selbst die Fortdauer der Productivität gesichert seye*?

Wir

*) Daher, wo der Gegensatz aufgehoben oder verrückt wird, die Metamorphose unregelmäfsig wird. — Denn was ist auch Krankheit, als Metamorphose?

Wir haben den Leser auf diesem Wege bis zur Aufgabe des 4ten Abschnitts des Entwurfs geführt, und überlassen ihm, die Auflösung nebst den Folgesätzen die sie herbeyführt, dort selbst zu suchen. — Wir suchen vorher noch anzudeuten, wie das abgeleitete Product vom Standpunct der *Reflexion* aus erscheinen müsse?

Das Product ist die Synthesis, in welcher die entgegengesezten Extreme sich berühren, die durch das absolut Decomponible auf der einen, und das Indecomponible auf der andern Seite bezeichnet sind. — Wie in die von ihm vorausgesetzte absolute Discontinuität Continuität komme, versucht der Atomistiker durch Cohaesions-, plastische Kraft u. s. w. zu erklären. Vergebens, denn *Continuität* ist nur die Productivität selbst.

Die Mannichfaltigkeit der Gestalten, welche jenes Product in der Metamorphose annimmt, wurde erklärt durch die Verschiedenheit der Entwicklungsstufen, so dafs mit jeder Entwicklungsstufe eine eigenthümliche Gestalt parallel geht. — Der Atomistiker setzt in die Natur gewisse Grundgestalten, und da in ihr alles nach Gestalt strebt, und alles, was nur sich gestaltet, auch seine *eigenthümliche* Gestalt hat, so müssen die Grundgestalten, aber freylich nur als *angedeutet* in der Natur, nicht als *actu* vorhanden, zugegeben werden.

Auf dem Standpunct der Reflexion mufs das Werden jenes Products erscheinen als ein beständi-

ges

ges Streben der ursprünglichen Actionen nach Production einer bestimmten Gestalt, und beständige Wiedervernichtung jener Gestalten.

So würde das Product nicht Product einer einfachen Tendenz seyn — es wäre nur sichtbarer Ausdruck einer innern Proportion, eines innern Gleichgewichts, der ursprünglichen Actionen, welche sich wechselseitig weder auf absolute Gestaltlosigkeit reduciren, noch auch wegen des allgemeinen Conflicts eine bestimmte und fixirte Gestalt produciren lassen.

Bis hieher, (so lange wir blofs mit ideellen Factoren zu thun hatten), waren entgegengesetzte Richtungen der Untersuchung möglich, von jetzt an, da wir ein reelles Product in seinen Entwicklungen zu verfolgen haben, giebt es nur Eine Richtung.

m) Durch die unvermeidliche Trennung der Productivität in entgegengesetzte Richtungen auf jeder einzelnen Entwicklungsstuffe wird das Product selbst in *einzelne Producte* getrennt, durch welche aber ebendefswegen nur verschiedne Entwicklungsstuffen bezeichnet sind.

Dafs diefs so seye, läfst sich *entweder* in den Producten selbst aufzeigen, welches geschieht, wenn man sie in Ansehung ihrer Gestaltung unter einander vergleicht, und eine Continuität der Bildung aufsucht, welche *Idee*, weil Continuität nie in den *Producten* (für die Reflexion), sondern immer

mer nur in der *Productivität* ist, sich nicht vollkommen realisiren läfst.

Um die Continuität in der Productivität zu finden mufs die Stuffenfolge jenes *Ueberganges der Productivität in's Product* genauer aufgestellt werden, als bisher geschehen ist. — Dadurch dafs die Productivität *begränzt* wird (S. oben) wird vorerst nur der Ansatz zum Product, nur der feste Punct für die Productivität überhaupt gegeben. — Es mufs gezeigt werden, *wie* die Productivität allmählig sich materialisirt, und in immer fixirtere Producte sich verwandelt, welches dann eine *dynamische Stuffenfolge in der Natur* geben würde, und was auch der eigentliche Gegenstand der Grundaufgabe des ganzen Systems ist.

(Zum voraus mag folgendes als Erläuterung dienen. — Es wird vorerst eine Entzweiung der Productivität gefodert, die Ursache, wodurch diese Entzweiung bewirkt wird, bleibt vorerst ganz aus der Untersuchung. Durch die Entzweiung ist vielleicht ein Wechsel von Contraction und Expansion bedingt. Dieser Wechsel ist nicht etwas in der Materie, sondern *die Materie selbst*, und die erste Stuffe der in's Product übergehenden Productivität. — Zum *Product* kann es nicht kommen als durch Stillstand jenes Wechsels, durch ein *drittes* also, was jenen Wechsel selbst *fixirt*, und so wäre die Materie auf der tiefsten Stuffe — (in der *ersten Potenz*) — angeschaut, jener Wechsel in Ruhe oder im

Gleich-

Gleichgewicht angeschaut, so wie umgekehrt wieder durch Aufhebung jenes dritten die Materie zur höhern Potenz erhoben werden könnte. — Nun wär' es ja möglich, dafs jene so eben abgeleiteten Producte auf *ganz verschiednen Stuffen* der Materialität, oder *jenes Ueberganges* stünden, oder dafs diese verschiednen Stuffen in dem Einen sich mehr oder weniger *unterscheiden* liefsen, als in dem andern — es wäre also dadurch eine *dynamische Stuffenfolge jener Producte* wirklich aufzuzeigen).

n) Bey der *Auflösung* der Aufgabe selbst bleiben wir vorerst, unbekannt wohin sie uns führe, in der bisher genommenen Richtung.

Es sind einzelne (individuelle) Producte in die Natur gebracht; aber in diesen Producten soll sich immer noch die Productivität, *als* Productivität, unterscheiden lassen. Die Productivität soll noch nicht absolut übergegangen seyn in's Product. Das Bestehen des Products soll eine beständige Selbstreproduction seyn.

Es entsteht die Aufgabe, wodurch jenes absolute Uebergehen — Erschöpfen der Productivität im Product verhindert — oder wodurch sein Bestehen eine beständige Selbstreproduction werde?

Es ist schlechthin undenkbar, wie die überall gegen das Product tendirende Thätigkeit verhindert werde *ganz* darinn überzugehen, wenn nicht *durch äufsere Einflüsse* jener Uebergang verhindert, und

und das Product, wenn es bestehen soll, in jedem Moment genöthigt wird, sich *neu* zu produciren.

Nun ist aber bis jetzt noch keine Spur einer dem Product, (der organischen Natur) entgegengesetzten Ursache aufgefunden — eine solche Ursache kann also vorerst blofs postulirt werden. (Wir glaubten in jenem Product die ganze Natur sich erschöpfen zu sehen, und bemerken erst hier, dafs, um jenes Product zu begreifen, schon *etwas anders* vorausgesetzt werden, und ein neuer Gegensatz in die Natur kommen mufs.

Die Natur war uns bisher absolute *Identität* in der Duplicität — hier kommen wir auf einen Gegensatz, der *innerhalb* jener Identität wieder stattfinden soll. — Jener Gegensatz mufs in dem abgeleiteten Product selbst sich aufweisen lassen, wenn er überhaupt abzuleiten ist).

Das abgeleitete Product ist eine *nach aufsen gehende* Thätigkeit — diese läfst sich als solche nicht unterscheiden, ohne eine von *aufsen nach innen* gehende (auf sich selbst gerichtete) Thätigkeit in demselben Product, und diese Thätigkeit läfst sich wiederum nicht denken, wenn sie nicht von aufsen *zurückgedrängt* (reflectirt) wird.

In den entgegengesetzten Richtungen, die durch diese Entgegensetzung entstehen, liegt das Princip für die Construction aller Lebenserscheinungen — jene entgegengesetzten Richtungen aufgehoben, bleibt

das

das Leben entweder als *absolute Thätigkeit*, oder als *absolute Receptivität* zurück, da es ursprünglich nur als die vollkommenste *Wechselbestimmung* der Receptivität und der Thätigkeit möglich ist.

Wir verweisen den Leser deßhalb auf den Entwurf selbst, und machen ihn hier nur aufmerksam auf die höhere Stuffe der Construction, welche wir hier erreicht haben.

Wir haben oben (g)) das Entstehen eines *Products überhaupt* erklärt durch ein Ankämpfen der Natur gegen den ursprünglichen Hemmungspunkt, wodurch dieser Punkt zur erfüllten Sphäre erhoben wird, und so Permanenz erhält. — Hier, da wir ein Ankämpfen einer *äufsern* Natur nicht gegen einen *blofsen* Punkt, sondern gegen ein *Product* ableiten, erhebt sich für uns jene erste Construction zur *zweiten* Potenz gleichsam, wir haben ein doublirtes Product, (und so möchte sich denn in der Folge wohl zeigen, dafs die organische Natur überhaupt nur die höhere Potenz der anorgischen ist, und dafs sie eben dadurch über diese sich erhebt, dafs in ihr auch das, was schon Product ist, *wieder* Product wird.)

Da das Product, welches wir als das ursprünglichste abgeleitet haben uns selbst auf eine ihm entgegengesetzte Natur treibt, so ist klar, dafs unsre Construction der Entstehung eines Products überhaupt

haupt *unvollständig* war, und dafs wir unserer Aufgabe — (die Aufgabe der ganzen Wissenschaft ist: das Entstehen eines fixirten Products zu construiren) —, bei weitem noch nicht Genüge geleistet haben.

Ein productives Product kann als solches nur unter dem Einflufs äufserer Kräfte bestehen, weil nur dadurch die Productivität unterbrochen, im Product zu erlöschen verhindert wird. — Für diese äufseren Kräfte mufs es nun wieder eine eigenthümliche Sphäre geben; jene Kräfte müssen in einer Welt liegen, die *nicht productiv* ist. Aber diese Welt mufs ebendefswegen eine in jeder Rücksicht fixirte und unveränderlich bestimmte Welt seyn. Die Aufgabe, wie es in der Natur zum Product komme, ist also durch alles Bisherige nur einseitig aufgelöst. „Das Product wird gehemmt durch Entzweiung der Productivität auf jeder einzelnen Entwicklungsstufe." Aber diefs gilt nur für das *productive* Product, aber hier ist die Rede von einem *nichtproductiven* Product.

Der Widerspruch, dem wir hier begegnen, ist nur dadurch aufzulösen, dafs ein *allgemeiner* Ausdruck für die Construction eines *Products überhaupt* (abgesehen davon, ob es productiv ist, oder aufgehört hat, es zu seyn) gefunden wird.

* *

Da die Existenz einer Welt, die *nicht productiv* (unorganisch) ist, vorerst blofs postulirt wird, um die productive zu erklären, so können auch die Bedingungen einer solchen nur hypothetisch aufgestellt werden, und da wir dieselbe vorerst überhaupt nur aus dem Gegensatz gegen die productive kennen, so müssen auch jene Bedingungen nur aus diesem Gegensatz abgeleitet werden. — (Es erhellt daraus von selbst, was auch im Entwurf erinnert ist, dafs auch dieser zweite Abschnitt, wie der erste, durchgängig blofs hypothetische Wahrheit hat, weil weder die organische noch die anorgische Natur erklärt ist, ohne die Construction beider auf einen gemeinschaftlichen Ausdruck gebracht zu haben, welches aber erst durch den synthetischen Theil möglich ist. — Dieser mufs auf die höchsten und allgemeinsten Principien für die Construction einer *Natur* überhaupt führen, daher wir auch den Leser, dem es um Kenntnifs unsres Systems zu thun ist, ganz auf denselben verweisen müssen. — Die hypothetische Deduction einer anorgischen Welt und ihrer Bedingungen können wir hier um so eher übergehen, da sie im Entwurf hinlänglich ausgeführt ist, und eilen zu der allgemeinsten und höchsten Aufgabe unsrer Wissenschaft.

* * *

Die

Die allgemeinste Aufgabe der speculativen Physik läfst sich jetzt so ausdrücken: *die Construction organischer und anorgischer Producte auf einen gemeinschaftlichen Ausdruck zu bringen.*

Wir können nur die Hauptsätze jener Auflösung und auch von diesen hauptsächlich nur jene herausheben, die im Entwurf selbst (3ter Hauptabsch.) nicht vollständig ausgeführt worden sind.

A.

Wir stellen hier gleich zu Anfang als Princip auf, dafs, *da das organische Product das Product in der zweiten Potenz ist, die organische Construction des Products wenigstens Sinnbild der ursprünglichen Construction alles Products seyn mufs.*

a) Damit die Productivität nur überhaupt an einem Punkte fixirt werde, *müssen Gränzen gegeben seyn.* Da *Gränzen* die Bedingung *der ersten Erscheinung* sind, so kann die *Ursache*, wodurch Gränzen hervorgebracht werden, *nicht mehr erscheinen,* sie geht in das *Innre der Natur* oder des jedesmaligen Products zurück.

In der organischen Natur wird diese Begränzung der Productivität gegeben durch das, was wir *Sensibilität* nennen, und was gedacht werden mufs, als erste Bedingung der Construction des organischen Products. (Entw. S. 169).

b) Der

b) Der unmittelbare Effect der begränzten Productivität ist ein *Wechsel von Contraction und Expansion* in der schon gegebenen, und wie wir jetzt wissen, zum zweitenmal gleichsam construirten Materie.

c) Wo dieser Wechsel stillesteht, geht die Productivität in's Product, und wo er wieder hergestellt wird, das Product in Productivität über. — Denn da das Product in's Unendliche productiv bleiben soll, so müssen sich im Product *jene drei Stuffen der Productivität unterscheiden lassen*; der absolute Uebergang der letztern in's Product ist der Untergang des Products selbst.

d) So wie diese drei Stuffen im *Individuum* unterscheidbar sind, so müssen sie *in der ganzen organischen Natur* unterscheidbar seyn, und die Stuffenfolge der Organisationen ist nichts anders als eine Stuffenfolge der *Productivität selbst*. — (Die Productivität erschöpft sich bis zu dem Grade c im Prod. A, und kann mit dem Producte B nur da anfangen, wo es mit A aufhörte, d. h. mit dem Grade d, und so herab bis zum *Verschwinden* aller Productivität. — Kennte man den absoluten *Grad* der Productivität, der *Erde* z. B. (der durch ihr Verhältnifs zur Sonne bestimmt ist), so wäre die Gränze der Organisation auf ihr dadurch genauer zu bestimmen, als durch die unvollständige Erfahrung, — die schon darum unvollsändig seyn muſs, weil die Catastrophen der Na-

Natur ohne Zweifel die äufsersten Glieder der Kette verschlungen haben. — Die eigentliche Naturgeschichte, die nicht die *Producte*, sondern die *Natur selbst* zum Object hat, verfolgt die *Eine* der Freiheit sich gleichsam wehrende Productivität durch alle Wendungen und Krümmungen hindurch bis zu dem Punkt, wo sie im Product zu ersterben endlich gezwungen ist).

Auf jener dynamischen Stuffenfolge im Individuum wie in der ganzen organischen Natur beruht die Construction aller organischen Erscheinungen. (Entw. S. 220 — 279).

B.

Diese Sätze zur Allgemeinheit erweitert, führen auf folgende Grundsätze einer allgemeinen Theorie der Natur.

a) Die Productivität soll *ursprünglich* begränzt werden. Da jenseits der begränzten Productivität *reine Identität* ist, so kann die Begränzung nicht gegeben werden durch eine schon vorhandne Differenz, also durch eine *in der Productivität selbst* entstehende *Entgegensetzung*, auf welche, als erstes Postulat wir hier zurückkommen.

b) Diese Differenz, *rein* gedacht, ist die erste Bedingung aller Thätigkeit; die Productivität wird zwischen Entgegengesetzten (den ursprünglichen Gränzen) angezogen und zurückgestofsen,

in

in diesem Wechsel von Expansion und Contraction entsteht nothwendig ein Gemeinschaftliches, aber nur *im Wechsel* bestehendes. — Soll es aufser dem Wechsel bestehen, so mufs der *Wechsel selbst* fixirt werden. — Das *Thätige* im Wechsel ist die in sich selbst entzweite Productivität.

c) Es fragt sich:

α) Wodurch jener Wechsel überhaupt fixirt werden könne? — Er kann nicht fixirt werden durch irgend etwas, das im Wechsel selbst als *Glied* begriffen ist, also durch ein Drittes.

β) Aber dieses Dritte mufs *eingreifen* können in jenen ursprünglichen Gegensatz; aber *aufser* jenem Gegensatz *ist* nichts — es mufs also ursprünglich schon in demselben begriffen seyn, als etwas, was durch den Gegensatz, und wodurch hinwiederum der Gegensatz vermittelt ist. Denn sonst ist kein Grund, warum es in jenem Gegensatz ursprünglich begriffen seyn sollte.

Der Gegensatz ist Aufhebung der Identität. Aber die Natur ist *ursprünglich* Identität. — Es wird also *in* jenem Gegensatz wieder ein Streben nach Identität seyn müssen. Dieses Streben ist bedingt *durch* den Gegensatz, denn wäre kein Gegensatz, so wäre Identität, absolute Ruhe und auch kein *Streben* nach Identität. — Wäre hin-

hinwiederum nicht in dem Gegensatz wieder Identität, so könnte der Gegensatz selbst nicht fortdauren.

Identität aus Differenz hervorgegangen ist Indifferenz, jenes Dritte also ein *Streben nach Indifferenz*, das durch die Differenz selbst, und wodurch hinwiederum diese bedingt ist. — (Die Differenz ist als Differenz gar nicht aufzufassen, und ist nichts für die Anschauung, als durch ein Drittes, was sie erhält — woran der Wechsel selbst haftet).

Jenes Dritte also ist das Einzige, was in jenem ursprünglichen Wechsel das Substrat ist. — Das Substrat aber setzt den Wechsel ebensogut wie der Wechsel das Substrat voraus — und es ist hier kein Erstes und kein Zweites, sondern Differenz und Streben nach Indifferenz ist der Zeit nach schlechthin Eines und zugleich.

Keine Identität der Natur ist absolut, sondern alle nur Indifferenz.

Da jenes Dritte selbst den ursprünglichen Gegensatz *voraussetzt*, so kann dadurch nicht der Gegensatz selbst *absolut* aufgehoben werden, *die Bedingung der Fortdauer des Dritten ist die beständige Fortdauer des Gegensatzes, so wie umgekehrt, daſs der Gegensatz fortdauert durch die Fortdauer des dritten bedingt ist.*

Aber

Aber wie soll denn der Gegensatz als fortdauernd gedacht werden?

Wir haben Einen ursprünglichen Gegensatz zwischen dessen Gränzen die ganze Natur fallen soll; setzen wir, dafs die Factoren jenes Gegensatzes wirklich in einander übergehen, oder in irgend einem dritten absolut zusammentreffen können, so ist der Gegensatz aufgehoben, und mit ihm jenes *Streben*, und damit alle Thätigkeit der Natur. — Dafs aber der Gegensatz fortdaure, ist nur dadurch denkbar, dafs er *unendlich* ist — dafs die äufsersten Gränzen in's unendliche auseinandergehalten werden, so *dafs immer nur vermittelnde Glieder der Synthesis, nie die letzte und absolute Synthesis selbst producirt werden* kann, wobey es nie zum absoluten, sondern immer nur zu *relativen Indifferenzpuncten* kommt; und jede entstandne Indifferenz einen neuen, noch unaufgehobnen, Gegensatz übrig läfst, dieser wieder in Indifferenz übergeht, welche abermals den ursprünglichen Gegensatz nur *zum Theil* aufhebt. Durch den ursprünglichen Gegensatz und das Streben nach Indifferenz kommt ein Product zu Stande, aber das Product hebt den Gegensatz nur *zum Theil* auf, *durch* das Aufheben dieses Theils, d. h. durch das Entstehen des Products selbst, entsteht also ein vom aufgehobnen verschiedner neuer Gegensatz, durch die-

diesen ein vom ersten verschiednes Product, aber auch dieses läfst den *absoluten* Gegensatz unaufgehoben, es wird also abermals Dualität und durch diese ein Product entstehen, und so in's Unendliche fort.

Man setze, durch das Product A werden die Gegensätze c und d vereinigt, aber aufserhalb jener Vereinigung noch fällt der Gegensatz b und e. Dieser hebt sich auf in B, aber auch dieses Product läfst den Gegensatz a und f unaufgehoben — setzt man, dafs a und f die äufsersten Gränzen bezeichnen, so wird die Vereinigung von diesen eben das Product seyn, zu dem es nie kommen kann.

Zwischen den Aeufsersten a und f liegen die Gegensätze c und d, b und e, aber die Reihe dieser Zwischengegensätze ist unendlich, *alle* diese Zwischengegensätze sind begriffen in dem Einen absoluten Gegensatz. — In dem Product A wird von a nur c und von f nur d aufgehoben, was von a übrig bleibt, heifse b, was von f, e, so werden diese zwar kraft des absoluten Strebens nach Indifferenz wieder vereinigt, aber sie lassen einen neuen Gegensatz unaufgehoben — und so bleibt zwischen a und f eine unendliche Reihe mittlerer Gegensätze und das Product, worinn jene sich absolut aufheben, *ist nie,* sondern *wird nur.*

Die-

Diese in's unendliche fortgehende Bildung ist so vorzustellen. — Der ursprüngliche Gegensatz müſste in dem Urproduct A sich aufheben. Das Product müſste in den Indifferenzpunct von a und f fallen, aber da der Gegensatz ein absoluter ist, der nur in einer unendlich fortgesetzten (nie wirklichen) Synthesis aufgehoben werden kann, so muſs A gedacht werden als der Mittelpunct einer unendlichen Peripherie, (deren Durchmesser die unendliche Linie a f). Da in dem Product, von a und f nur c und d vereinigt sind, so entsteht in ihm die neue Entzweiung b und e, das Product wird also sich nach entgegengesetzten Richtungen trennen, in dem Punct, wo das Streben nach Indifferenz das Uebergewicht erlangt, wird b und e zu einem neuen, von dem ersten verschiednen Product zusammentreten — aber zwischen a und f liegen noch unendlich viele Gegensätze; der Indifferenzpunct B ist also Mittelpunct einer Peripherie, die in der ersten begriffen, aber selbst wieder unendlich ist, u. s. f.

Der Gegensatz von b und e in B wird *unterhalten* durch A, weil es ihn *unvereinigt* läſst, so wird der Gegensatz in C durch B *unterhalten*, weil B von a und f abermals *nur einen Theil* aufhebt. Aber der Gegensatz in C wird durch B unterhalten, nur insofern A den Gegensatz in B unterhält

hält — was also *aus* jenem Gegensatz in C und B resultirt, wird *verursacht* durch den gemeinschaftlichen Einfluſs von A, so daſs B und C, und die unendlich vielen Producte, die noch zwischen a und f als Mittelglieder fallen — in Bezug auf A nur *Ein* Product sind. — Die *Differenz*, welche nach der Vereinigung von c und d in A, übrig bleibt, ist nur *Eine*, in welche dann wieder B, C u. s. w. sich theilen..

Aber die Fortdauer des Gegensatzes ist für jedes Product Bedingung des Strebens nach Indifferenz, also wird durch A ein Streben nach Indifferenz in B und durch B in C unterhalten. — Aber der Gegensatz, den A unaufgehoben läſst, ist nur Einer, also ist auch jene Tendenz in B, in C und so in's Unendliche fort nur bedingt und unterhalten durch A.

Die so bestimmte Organisation ist keine andre als die Organisation des Universums in Gravitationssysteme. — Die *Schwerkraft* ist *einfach*, aber ihre *Bedingung* ist Duplicität. — Indifferenz geht nur aus Differenz hervor. — Die aufgehobne Dualität ist die Materie, insofern sie nur *Masse* ist.

Der *absolute* Indifferenzpunct existirt nirgends, sondern ist auf mehrere *einzelne* gleichsam vertheilt. — Das Universum, das sich

vom

vom Centrum gegen die Peripherie bildet, *sucht den Punct, wo auch die äufsersten Gegensätze der Natur sich aufheben*; die Unmöglichkeit dieses Aufhebens sichert die Unendlichkeit des Universums.

Von jedem Product A wird der nichtaufgehobne Gegensatz auf ein neues B übergetragen; jenes wird dadurch Ursache der Dualität und der Gravitation für B. — (Jenes *Uebertragen* ist das, was man Wirkung durch Vertheilung nennt, deren Theorie erst von diesem Punct aus Licht erhält). — So unterhält z. B. die Sonne, weil sie nur *relative* Indifferenz ist, so weit ihre Wirkungssphäre reicht, den Gegensatz, welcher Bedingung der Schwere auf den untergeordneten Weltkörpern ist.

Die Indifferenz wird in jedem Moment aufgehoben, und in jedem Moment wiederhergestellt. Daher wirkt die Schwere in den ruhenden Körper, wie in den bewegten. — Das allgemeine Wiederherstellen der Dualität und das Wiederaufheben in jedem Moment kann nur als Nisus gegen ein drittes erscheinen; dieses dritte ist, abstrahirt von der Tendenz, nichts, also blos idealisch, (nur die Richtung bezeichnend) — ein Punct. Die Schwere ist für jedes Totalproduct nur *Eine*, und so auch der relative Indifferenzpunct nur *Einer*. Der Indifferenzpunct des *einzelnen* Körpers bezeichnet nur

nur die Richtungslinie seiner Tendenz gegen den allgemeinen Indifferenzpunct; daher jener Punct als der Einzige betrachtet werden kann, worinn die Schwere wirkt, so wie das, wodurch die Körper allein Bestand für uns erlangen, nur jene Tendenz nach aufsen ist. *)

Das vertikale Fallen gegen diesen Punct ist nicht, eine einfache sondern eine *zusammengesetzte* Bewegung, und es ist zu verwundern, dafs man diefs nicht eher eingesehen. **)

Die Schwere ist nicht etwa proportional der Masse, (denn was ist diese Masse als ein Abstractum der specifischen Schwere, das ihr nun hypostasirt habt?) sondern umgekehrt die Masse eines Körpers ist nur Ausdruck des Moments, womit der Gegensatz in ihm sich aufhebt.

d) Durch das Bisherige ist die Construction der Materie im Allgemeinen vollendet, nicht aber die der specifischen Differenz der Materie.

Was alle Materie von B C u. s. f. in Bezug auf A unter sich *gemein* hat, ist die durch A nicht aufgehobne Differenz, welche in B und C abermals

―――――

*) *Baader* über das pythagoräische Quadrat. 1798.

**) Ausgenommen den denkenden Verf. einer Recension meiner Schrift *von der Weltseele* in den Würzb. gel. Anz. der einzigen, die ich bis jetzt über diese Schrift kenne.

mals nur *zum Theil* sich aufhebt — also auch die durch jene Differenz vermittelte Schwere.

Was also B und C von A *unterscheidet*, ist die durch A nicht aufgehobne Differenz, welche Bedingung der Schwere für B und C wird. — Ebenso, was C von B unterscheidet, (wenn C ein B untergeordnetes Product ist), ist die durch B nicht aufgehobne Differenz, welche auf C wieder übergetragen wird. Die Schwerkraft ist also nicht für den höheren und subalternen Weltkörper dieselbe, und es ist so viel Mannichfaltigkeit in den Centralkräften der Attraction, als in ihren Bedingungen. (vgl. den Entw. S. 119.)

Wodurch in den Producten A, B, C, welche, sofern sie *einander* entgegengesetzt werden, absolut homogene Producte vorstellen, wieder eine Differenz einzelner Producte möglich ist, ist, dafs ein verschiedenes Verhältnifs der Factoren in der *Aufhebung* möglich ist, so dafs in X z. B. der positive Factor, in Y der negative das Uebergewicht hat, (was den Einen Körper positiv, den andern negativ-electrisch macht. — Alle Differenz nur Differenz der Electricität).

e) Dafs die Identität der Materie nicht *absolute* Identität, sondern nur *Indifferenz* seye, ist beweisbar nur aus der Möglichkeit der Wiederaufhebung der Identität, und den Phänomenen, welche sie begleiten. — Es sey uns erlaubt, jenes Wiederderaufheben, und die daraus resultirenden Phänomene der Kürze halber unter dem Ausdruck: *dynamischer Proceſs* zu begreifen, wobei es, wie sich versteht, noch ganz unentschieden bleibt, ob etwas der Art überall wirklich seye.

— *Es wird nun gerade so viele Stuffen des dynamischen Processes geben, als es Stuffen des Uebergangs aus Differenz in Indifferenz giebt.*

a) Die erste Stuffe wird bezeichnet seyn durch Objecte, *in welchen das Wiederentstehen und Wiederaufheben des Gegensatzes in jedem Moment selbst noch Object der Wahrnehmung ist.*

Das ganze Product wird in jedem Moment neu reproducirt, d. h. der Gegensatz, der in ihm sich aufhebt, entsteht in jedem Augenblick auf's neue, aber dieses Wiederentstehen der Differenz verliert sich unmittelbar in die *allgemeine* Schwere; jenes Wiederentstehen kann also nur wahrgenommen werden an *einzelnen* Objecten, welche *unter sich* zu gravitiren scheinen, indem wenn dem Einen Factor des Gegensatzes sein entgegengesetzter (in einem andern) angeboten wird, *beyde Factoren gegeneinander schwer* werden, wo also die allgemeine Schwere nicht aufgehoben, sondern *innerhalb* der allgemeinen eine specielle statt findet. — Solche zwei Producte sind in Bezug auf einander die Erde und die Magnetnadel, in welcher das beständige Wiederderaufheben der Indifferenz an der Gravitation gegen die Pole, das beständige Zurücksinken in Identität an der Gravitation gegen den allgemeinen Indifferenzpunkt unterschieden wird. — Hier wird also nicht das *Object*, sondern, das *Reproducirtwerden des Objects selbst* Object.

β) Auf der ersten Stuffe erscheint *in* der Identität des Products wieder seine Duplicität, auf der zweiten Stuffe wird der Gegensatz selbst sich trennen, und an verschiedne Körper (A und B) vertheilen. Dadurch, dafs der Eine Factor des Gegensatzes in A, der andere in B ein *relatives* Uebergewicht erlangt, wird nach demselben Gesetze wie bei α) eine *Gravitation* der Factoren *gegen einander* und dadurch neue Indifferenz entstehen, welche, wenn das relative Gleichgewicht in jedem wiederhergestellt ist, in *Zurückstofsung* ausschlägt. — (Wechsel von Anziehung und Zurückstofsung, *zweite* Stuffe, auf welcher die Materie erblickt wird) — *Electricität*.

γ) Auf der zweiten Stuffe hatte der Eine Factor des Products nur ein *relatives* Uebergewicht, auf der *dritten* wird er ein *absolutes* erlangen — durch die zwei Körper A und B wird der ursprüngliche Gegensatz wieder vollkommen repräsentirt — die Materie wird auf die *erste Stuffe* des Werdens zurückkehren.

Auf der *ersten* Stuffe ist noch *reine Differenz*, ohne Substrat, auf der zweiten Stuffe sind es die einfachen Factoren zweier *Producte*, die sich entgegengesetzt sind, auf der dritten sind es die *Producte selbst*, die sich entgegengesetzt sind; hier ist die Differenz in der *dritten* Potenz.

Wenn zwei *Producte* einander absolut entgegengesetzt sind, so muſs in jedem einzelnen die Indifferenz der *Schwere*, (durch welche es allein *ist*), *aufgehoben* werden, und sie müssen *gegeneinander* gravitiren. (Auf der zweiten Stuffe war nur ein wechselseitiges Gravitiren der *Factoren* gegen einander — hier ist ein Gravitiren der Producte. — Dieser Proceſs also greift zuerst auch das *Indifferente des Products* an, d. h. die Producte selbst lösen sich auf.

Wo gleiche Differenz ist, ist auch gleiche Indifferenz, die Differenz der *Producte* also kann auch nur mit einer Indifferenz der *Producte* enden. — (Alle bisher abgeleitete Indifferenz war nur Indifferenz substratloser oder wenigstens einfacher Factoren. — Hier ist die Rede von einer Indifferenz der Producte). Jenes Streben wird nicht ruhen, ehe ein gemeinschaftliches Product da ist. Das Product, indem es sich bildet, geht von beiden Seite durch alle Mittelglieder, die zwischen den beiden Producten liegen hindurch, bis es den Punkt findet, bei welchem es der Indifferenz unterliegt und das Product fixirt wird.

Allgemeine Anmerkung. Vermöge der ersten Construction wird das Product, als Identität aufgestellt, (diese Identität löst sich zwar wieder in einen Gegensatz auf, der aber nicht mehr ein an *Producten* haftender Gegensatz, sondern ein Gegensatz in der *Productivität* selbst ist. — Das Product also *als* Product ist Identität. — Aber auch in der Sphäre der Producte entsteht wieder Duplicität auf der zweiten Stuffe, und erst auf der dritten wird auch die Duplicität der *Producte* wieder *Identität* der Producte. —. Es ist also auch hier ein Fortgang von Thesis zur Antithesis und von da zur Synthesis. — Die lezte Synthesis der Materie, — schliefst sich in dem chemischen Procefs, soll sie noch weiter zusammengesetzt werden, so mufs auch dieser Kreis wieder sich öffnen.

Wir müssen es unsern Lesern selbst überlassen, zu ermessen, auf welche Schlüsse die hier vorgetragenen Principien führen, und welcher allgemeine Zusammenhang durch sie in die Naturerscheinungen gebracht werde, — Um jedoch Eine Probe zu geben, so ist, wenn in dem chemischen Procefs das Band der Schwere sich löst, die Erscheinung des *Lichts*,
wel-

welche den chemischen Procefs in seiner gröfsten Vollkommenheit (als Verbrennungs-Procefs) begleitet, eine sonderbare Erscheinung, welche weiter verfolgt bestätigt, was im Entw. S. 146. gesagt wird: „die Action des Lichts mufs mit der Action der Schwere, welche die Centralkörper ausüben, in geheimem Zusammenhang stehen." — Denn, wird nicht jene Indifferenz der Schwere in jedem Moment aufgelöst, da ja die Schwere als immer thätig, ein beständiges Aufheben der Indifferenz voraussetzt? — So bewirkt also die Sonne durch die auf die Erde ausgeübte Vertheilung ein allgemeines Auseinandergehen der Materie in den ursprünglichen Gegensatz (und dadurch die Schwere). Jenes allgemeine *Aufheben der Indifferenz* ist es, was uns (belebten) als *Licht* erscheint, wo also jene Indifferenz sich auflöst (im chemischen Procefs), da *mufs* uns Licht erscheinen. — Nach dem vorhergehenden ist es *Ein* Gegensatz, der vom Magnetismus an durch die Electricität endlich in die chemischen Erscheinungen sich verliert. Im chemischen Procefs nämlich wird *das ganze Product* + E oder — E, (der *positiv*-electrische Körper ist bei absolut *unverbrannten* immer auch der *verbrennlichere*, dagegen das *absolut Unverbrennliche* Ursache aller *negativ*-electrischen Beschaffenheit ist,) und wenn es erlaubt ist, Einmal die Sache

um-

umzukehren, was sind denn die Körper selbst als verdichtete (gehemmte) Electricität? — Im chemischen Procefs löst sich der ganze Körper in + E oder — E auf. Das Licht ist überall Erscheinung des *positiven* Factors im ursprünglichen Gegensatz, wo daher der Gegensatz hergestellt wird, ist für uns *Licht*, weil überhaupt nur der positive Factor angeschaut, und der negative nur empfunden wird. — Ist nun der Zusammenhang der täglichen und jährlichen Abweichung der Magnetnadel mit dem Licht begreiflich — und, wenn in jedem chemischen Procefs der Gegensatz sich löst, — begreiflich, dafs *Licht* Ursache und Anfang alles chemischen Processes ist?

f) *Der dynamische Procefs ist nichts anders als die zweite Construction der Materie, und so viele Stuffen des dynamischen Procefses es giebt, so viele Stuffen in der ursprünglichen Construction der Materie.*

Dieser Satz ist der umgekehrte des Satzes e) Was im dynamischen Procefs am Product wahrgenommen wird, geschieht *jenseits* des Products mit den einfachen Factoren aller Dualität.

Der erste Ansatz zur ursprünglichen Production ist die Begränzung der Productivität durch den ursprünglichen Gegensatz, der *als* Gegensatz (und als Bedingung aller Construction) nur noch

im

im *Magnetismus* unterschieden wird; die zweyte Stuffe der Production ist der *Wechsel* von Expansion und Contraction, der *als* solcher nur noch in der Electricität sichtbar wird; die dritte Stuffe endlich ist der Uebergang jenes Wechsels in Indifferenz, der als solcher nur noch in den chemischen Erscheinungen erkannt wird.

Magnetismus, Electricität und chemischer Procefs sind die *Categorien* der ursprünglichen Construction der Natur — diese entzieht sich uns und liegt jenseits der Anschauung, jene sind das davon zurückbleibende, feststehende, fixirte — die allgemeinen Schemate der Construction der Materie.

Und — um hier den Kreis in dem Puncte wieder zu schliefsen, von dem er anfieng, wie in der organischen Natur in der Stuffenfolge der Sensibilität, der Irritabilität, und des Bildungstriebs in jedem Individuum das Geheimnifs der Production der *ganzen organischen Natur* liegt, so liegt in der Stuffenfolge des Magnetismus der Electricität und des chemischen Procefses, so wie sie auch am einzelnen Körper unterschieden werden kann, das Geheimnifs der Production der *Natur aus sich selbst*.

C.

Wir sind jetzt der Auflösung unsrer Aufgabe, die Construction der organischen und anorgischen

Na-

Natur auf einen gemeinschaftlichen Ausdruck zu bringen, näher gerückt.

Die anorgische Natur ist das Product der *ersten*, die organische das Product der *zweiten* Potenz — (so wurde oben festgesetzt; es wird sich bald zeigen, dafs sie Product einer noch höhern Potenz ist); — darum erscheint diese in Bezug auf jene zufällig, jene in Bezug auf diese nothwendig. Die anorgische Natur kann ihren Anfang nehmen aus *einfachen* Factoren, die organische nur aus *Producten*, die wieder zu Factoren werden. Darum wird eine anorgische Natur überhaupt, erscheinen als von jeher gewesen, die organische als *entstanden*.

In der organischen Natur kann es zur Indifferenz auf dem Wege nicht kommen, auf welchem es in der anorgischen dazu kommt, weil das Leben eben in dem beständigen *Verhindern, dafs es zur Indifferenz komme*, besteht, wodurch freilich nur ein Zustand herauskommen kann, der der Natur gleichsam abgezwungen ist.

Durch die Organisation wird die Materie, die durch den chemischen Procefs schon zum zweitenmal zusammengesetzt ist, noch einmal zurückversetzt in den Anfangspunct der Bildung; (der oben beschriebne Kreis noch einmal geöffnet), es ist kein Wunder, dafs die immer wieder in die Bildung zurückgeworfne Materie endlich als das vollkommenste Product wiederkehre.

Die

Dieselben Stuffen, welche die Production der Natur ursprünglich durchläuft, durchläuft auch die Production des organischen Products, nur daſs diese auf *der ersten Stuffe* schon mit Producten der *einfachen* Potenz wenigstens anfängt. — Auch die organische Production beginnt mit Begränzung, nicht der *ursprünglichen* Productivität, sondern der *Productivität eines Products*, auch die organische Bildung geschieht durch den Wechsel von Expansion und Contraction, wie die ursprüngliche, aber es ist ein Wechsel, der nicht in der einfachen Productivität, sondern in der zusammengesetzten statthat.

Aber im chemischen Procefs ist das alles auch, und im chemischen Procefs kommt es doch zur Indifferenz. Der Lebensprocefs muſs also wieder die höhere Potenz des chemischen seyn, und wenn das Grundschema von jenem Duplicität, wird das Schema von diesem *Triplicität* seyn müssen. Aber das Schema der Triplicität ist das des galvanischen Processes, (*Ritter's* Beweis etc. S. 172), also steht der galvanische Procefs, (oder, der Procefs der Erregung) eine Potenz höher als der chemische und das dritte, was diesem fehlt und was jener hat, verhindert, daſs es zur Indifferenz im organischen Product komme. *)

Da

*) Dieselbe Ableitung ist schon im Entw. S. 177. gegeben. — Was die dynamische Action seye, welche

nach

Da es die Erregung zur Indifferenz im einzelnen Product nicht kommen läfst, und der Gegensatz doch da ist, (denn noch immer folgt uns jener ursprüngliche Gegensatz *), so bleibt der Natur nichts übrig, als Trennung der Factoren in *verschiednen* Producten. — Die Bildung des *einzelnen* Products kann ebendefswegen keine vollendete Bildung, und das Product kann nie aufhören, productiv zu seyn **) — Der Widerspruch in der Natur ist der, dafs das Product *productiv* (d. h. Product der dritten Potenz seyn), und dafs doch das Product als Product der dritten Potenz, in Indifferenz übergehen soll.

Die-

nach dem Entwurf auch Ursache der Erregbarkeit ist, ist jezt wohl klar genug. Es ist die *allgemeine Action* die überall durch Aufhebung der Indifferenz bedingt ist, und die zulezt gegen Intussusception (Indifferenz der Producte) tendirt, wo sie nicht wie im Procefs der Erregung beständig daran verhindert wird.

*) Der *Abgrund* von *Kräften*, in den wir hier hinabsehen öffnet sich schon durch die Eine Frage: welchen Grund in der *ersten* Construction unserer Erde es wohl haben möge, dafs keine Erzeugung neuer Individuen anders als unter Bedingung entgegengesetzter Potenzen auf ihr möglich ist? Vergl. eine Aeufserung von Kant über diesen Gegenstand; in seiner Anthropologie.

**) Es kommt in dem Product zur Indifferenz der ersten und selbst der zweiten Potenz, (es kommt z. B. durch

die

Diesen Widerspruch sucht die Natur dadurch zu lösen, dafs sie selbst die Indifferenz durch *Productivität* vermittelt, aber auch diefs gelingt nicht, denn der Act der Productivität ist nur der zündende Funke eines neuen Erregungsprocesses; das Product der Productivität ist eine *neue Productivität*. — In diese als ihr Product geht nun freilich die Productivität des *Individuums* über, das Individuum hört also schneller oder langsamer auf, productiv zu seyn, aber eben damit hört es auch auf, Product der dritten Potenz zu seyn, und den Indifferenzpunct erreicht die Natur mit ihm erst, nachdem es zu einem Product der zweyten Potenz herabgekommen ist. *)

Und nun das Resultat von dem allem? — Die Bedingung des organischen, (wie des anorgischen) Products ist Dualität. Allerdings, aber organisches *productives Product ist es nur dadurch, dafs die Differenz nie Indifferenz wird*.

Es

die Erregung selbst zu einem Ansatz von *Masse*, und selbst zu *chemischen Producten*, aber zur Indifferenz der dritten Potenz kann es nicht kommen, weil diese selbst ein widersprechender Begriff ist.

*) Aus welchen Widersprüchen das Leben hervorgehe, und dafs es überhaupt nur ein gesteigerter Zustand *gemeiner* Naturkräfte seye, zeigt nichts mehr, als der Widerspruch der Natur in dem, was sie durch die

Es ist also *unmöglich*, die Construction des organischen und anorgischen Products auf einen gemein-

Geschlechter zu erreichen versucht, ohne es erreichen zu können. — Die Natur *hafst* das Geschlecht, und wo es entsteht, entsteht es wider ihren Willen. Die Trennung der Geschlechter ist ein unvermeidliches Schicksal, dem sie, nachdem sie einmal organisch ist, sich fügen mufs, und das sie nie verwenden kann. — Durch jenen Hafs gegen die Trennung selbst sieht sie sich in den Widerspruch verwickelt, dafs sie, was ihr zuwider ist, auf's sorgfältigste ausbilden und auf den Gipfel der Existenz führen mufs, als ob es ihr darum zu thun wäre, da sie doch immer nur nach der Rückkehr in die Identität der Gattung verlangt, welche aber an die (nie aufzuhebende) Duplicität der Geschlechter, als an eine unvermeidliche Bedingung gefesselt ist. — Dafs sie das Individuum nur gezwungen und der Gattung wegen ausbildet, erhellt daraus, dafs ihr, wo sie in einer Gattung das Individuum länger erhalten zu wollen *scheint* (obgleich diefs nie der Fall ist), dagegen die Gattung unsicherer wird, indem sie die Geschlechter weiter auseinander halten und gleichsam vor einander flüchten mufs. In dieser Region der Natur ist der Verfall des Individuums minder sichtbarschnell, als da wo die Geschlechter sich näher sind, wie in der schnell hinwelkenden Blume, wo sie bey ihrem Entstehen schon in den Einen Kelch, wie in das Brautbett gefasst sind; wo aber ebendefswegen auch die *Gattung gesicherter* ist.

Die Natur ist *das trägste Thier*, und verwünscht die Trennung, weil diese allein ihr den Zwang der Thätigkeit auferlegt; sie ist nur thätig um jenes

Zwangs

meinschaftlichen Ausdruck zu bringen, und die Aufgabe ist unrichtig, also auch die Auflösung unmöglich. Die Aufgabe setzt voraus, organisches und anorgisches Product seyen sich *entgegengesetzt*, da doch jenes nur die *höhere Potenz* von diesem und nur durch die höhere Potenz der Kräfte hervorgebracht ist, durch welche auch dieses hervorgebracht wird. — Sensibilität ist nur die höhere Potenz des Magnetismus. Irritabilität nur die höhere Potenz der Electricität, Bildungstrieb nur die höhere Potenz des chemischen Processes. — Aber Sensibilität und Irritabilität, und Bildungstrieb sind alle nur begriffen in jenem *Einem* Procefs der Erregung. (Der Galvanismus afficirt sie alle). *) Aber sind sie nur die höhern Functionen des Magnetismus, der Electricität u. s. w., so mufs es auch für diese wieder eine solche höhere Synthesis in der Natur geben, **) welche aber ohne Zweifel nur in der Natur, insofern

Zwangs los zu werden. — Die Entgegengesezten müssen ewig sich fliehen, um sich ewig zu suchen, und sich ewig suchen, um sich nie zu finden; nur in *diesem* Widerspruch liegt der Grund aller Thätigkeit der Natur.

*) Seine Wirkung auf Reproductionskraft (so wie Rückwürkung besondrer Zustände dieser Kraft auf galvanische Erscheinungen), ist noch weniger beachtet, als wohl nöthig und nützlich wäre. S. den Entw. S. 193.

**) Vergl. oben die Anm. S. 14.

fern sie als Ganzes betrachtet *absolut* organisch ist, gesucht werden kann.

Und dies ist denn auch das Resultat, auf welches jede ächte Naturwissenschaft führen muſs, daſs nämlich der Unterschied zwischen organischer und anorgischer Natur nur in der Natur als Object seye, und daſs die Natur als ursprünglich-*productiv* über beiden schwebe.

Es ist noch Eine Bemerkung übrig, die wir machen können, nicht so sehr ihres eignen Interesses wegen, als um das zu rechtfertigen, was wir oben über das Verhältniſs unsers Systems zu dem bisher sogenannten dynamischen gesagt haben. — Wenn man nämlich fragt, als was jener ursprüngliche, in dem Product aufgehobne, oder vielmehr fixirte Gegensatz in dem Product auf dem Standpunkt der Reflexion sich zeigen werde, so kann man, was man durch Analysis davon in dem Product findet, nicht besser bezeichnen, als durch *Expansiv*- und *Attractiv*- (oder retardirende) *Kraft*, wozu denn doch immer noch die *Schwerkraft*, als das dritte hinzukommen muſs, wodurch jene Entgegengesetzten erst das werden, was sie sind.

Indeſs gilt diese Bezeichnung nur für den Standpunkt der Reflexion oder der *Analysis*, und kann zur *Synthesis* gar nicht gebraucht werden und so hört

hört unser System gerade da auf, wo *Kant's* und seiner Nachfolger dynamische Physik anfängt, nämlich bei dem Gegensatz wie er in dem *Product* sich vorfindet.

Und hiermit übergiebt der Verfasser diese Anfangsgründe einer speculativen Physik den denkenden Köpfen des Zeitalters, indem er sie bittet, in dieser — *keine* geringen Aussichten eröffnenden Wissenschaft gemeine Sache zu machen, und was ihm an Kräften, Kenntnissen, oder äufsern Verhältnissen abgeht, durch die ihrigen zu ersetzen.